同和街记

李政廛 著

天津卫一条再普通不过的街道，
住着形形色色再普通不过的街坊邻里，
他们却身怀绝技，大隐于市……

百花洲文艺出版社
BAIHUAZHOU LITERATURE AND ART PRESS

图书在版编目（CIP）数据

同和街记 / 李政廑著 . -- 南昌 : 百花洲文艺出版社 , 2022.9

ISBN 978-7-5500-4735-8

Ⅰ . ①同… Ⅱ . ①李… Ⅲ . ①短篇小说 – 小说集 – 中国 – 当代 Ⅳ . ① I247.7

中国版本图书馆 CIP 数据核字 (2022) 第 092347 号

同和街记
TONGHE JIE JI

李政廑　著

责任编辑　许　复
书籍设计　汇文书联
制　　作　汇文书联
出版发行　百花洲文艺出版社
社　　址　南昌市红谷滩区世贸路 898 号博能中心一期 A 座 20 楼
邮　　编　330038
编辑电话　0791-86894717
经　　销　全国新华书店
印　　刷　武汉鑫佳捷印务有限公司
开　　本　880mm × 1230mm　1/32　　印张　5
版　　次　2022 年 11 月第 1 版第 1 次印刷
字　　数　73 千字
书　　号　ISBN 978-7-5500-4735-8
定　　价　49.00 元

赣版权登字　05-2022-209

网址　http://www.bhzwy.com
图书若有印装错误，影响阅读，可向承印厂联系调换。

序：少年的世界

少年的世界，总是色彩斑斓、恣意飞扬的，你没办法预测他下一秒会去做什么，更没办法预测他下一秒会去想什么。你也没有办法准确了解这个世界的人、事、物在他的眼里是什么样的，在他的脑海中会有怎样的演绎。

也许，一只普通的蜜蜂，就成了神秘王国的侦探；也许，路边跌倒哇哇大哭的小朋友，回家后就带领着他的玩具士兵去拯救贪吃的棕熊；也许，花朵里面藏着神奇的药水；也许，刚才还冲着自己微笑的叔叔转身就变成了伏地魔……

所以，这个我们看来普普通通的世界，这些我们看来普普通通的人，在少年的眼中，会因为他的心境插上想象的翅膀，轻轻一振翅，就洒落出改变世界的魔法，让你、我、他、她、它变成另一个样子，做另外的事情……去补完少年这一瞬的内心家园。

天津卫从来不是古都，却因地理要冲而得天独厚。天津是码头，是商埠，一辈辈生活在天津卫的老少爷们儿见多识广，能言善侃，于是，张家长李家短会演绎成段子，也会流传成传奇。

同和街，天津卫一条再普通不过的街道，住着形形色色再普通不过的街坊邻里，但是就是在这条街上，这些貌似普通的人却各自身怀绝技，大隐于市，就仿若武侠小说里面隐退江湖的高手，低调地生活，却也最终无法真正湮没于世。

瞎子能吹出《百鸟朝凤》的经典乐章，大耳朵老头儿能听电波，一口假牙的说书人，他们都能激励无数战士在抗战前线浴血奋战……这是一个小学生眼中的天津卫，这些是一个小学生内心生活在天津的普通人的样子，这里的每一个人物都极具特色，个性鲜明，他们都是卑微到尘埃的小人物，不会在历史的洪流中留下只言片语，但是，他们却偏偏在历史的洪流中激起了片片浪花。

是的，在这个小学生的眼中，他们都是普通人，他们却又不普通。他们有着异于常人的外表，异于常人的本领，同样也有着异于常人的内心。他们或热情澎湃、或冷静坚韧、或坚守正义、或侠骨柔情……在这个小学生的心里，这些品质都是值得歌颂的，拥有这些品质的人，即便是普通人，也是可以不普通的。悲也好，欢也罢，他们总是来这世界走了一遭，就不应该被埋没。

《同和街记》的作者李政廑是我所读大学的附属小学的一名小学生，他把内心中这些他认为不普通的小人物通过一支笔淋漓尽致地刻画了出来，每一个人物都色彩鲜明、个性独特，每一个人物身上发生的故事又都生动有趣、引人入胜，颇有传奇韵味。

《同和街记》这本小小说集出自一位小学生之手，真的是让人惊喜。里面的每一个故事读完总能让人掩卷沉思，人世间总有一种向上的力量让人泪流满面。不难理解，此书在出版之前，里面的多篇故事就得到了不少文学期刊的青睐。一个十二岁的小学生，犹如一棵稚嫩且生机勃勃的幼苗，在文学的园地里出现。未来的路很长很远，希望他能不断地努力，茁壮成长。

著名历史学者、《百家讲坛》主讲人　纪连海

二〇二一年冬天　于北京

目录

瞎子李七

古时候有个武将叫戚继光，在东南沿海跟倭寇打仗。倭寇每次听到唢呐响，就吓得屁滚尿流。据说，戚继光有一支唢呐军乐队，唢呐就是军队的冲锋号。其实这个唢呐呀，是来自一个叫波斯的国家。唢呐传到中国的时候，曹操、刘备、孙权一帮人还在四处乱战，军队打仗还在靠擂大鼓助威，根本就没人理会这个唢呐是个嘛玩意儿。

唢呐流传到中国后，最早成为宫廷皇家乐队的乐器，后来逐渐流传到民间，三两个铜子儿就能买一个。唢呐不分高低贵贱，谁都能玩儿，谁都能吹，心情不好时，红白喜事时，都可以吹上一段。有一天，天津卫来了一个瞎子李七，吹了一曲唢呐，就震动了整个天津卫。

这个李七是直隶衡水人，刚到同和街时，身子很瘦弱，前胸都贴着后背了，夏天都能看到薄衣服下的肋巴骨。他脸皮苍白，还长满了黑点，腮帮子上坑坑洼洼。一双半米粒儿似的小眼睛，眸子发黄，看字都看不清楚。

据说李七小时候闹出了天花病，高烧不退，脸上起满了痘痘。家里人不懂，找了一个巫婆跳大神。巫婆忙活了一晚上，李七还是烧得跟炭火人一样。家里人急得团团转，问巫婆是不是遇到瘟神了。巫婆一看没什么起色，怕再骗下去要出人命，便丢下一句“这孩儿没救了”，又转身警告他父母，“这孩子恶鬼缠身，弄不好家里人都会遭殃”。

这家人被巫婆吓着了，连夜就把李七扔到一个很远的乱坟岗。第二天，村里的一个老太太听到哭声，才把李七给捡回来。老太太的孙子刘二娃以前在军阀的部队里混过，看到李七脸上的痘痘，按照部队上的办法给李七降温，好不容易把这小命儿保住了，可是李七成了一个麻脸。刘二娃在部队里是个吹唢呐的，没事儿就教李七吹唢呐。

许是这天花发高烧把李七的脑子烧坏了，刘二娃教了他千百遍，李七就是记不住唢呐音孔的指法。李二娃心急，几次都想把李七赶走，也不想教了。可老太太心善，说这娃可怜，家里人不要他，再把他丢出去，他的身子骨那么弱，早晚都得死。刘二娃听奶奶的，仍耐着性子继续教李七吹唢呐，一遍又一遍。李七的手指头就跟铁棍儿一样，按音孔时，该按住的地方按不住，该抬手指的地方抬不起来，一股脑儿全给漏风了。

民国初年那会儿，军阀就跟地上的蚂蚁那么多，是个人都想拉杆子当大王，经常搞几条枪就到处抓壮丁。刘二娃在家没多久又被军阀抓走了，留下李七和老太太。老太太养活不了李七，问李七家是哪里的。李七死活想不起来，只记得家门口有一片树林，里面各种各样的鸟儿，家后面有山，山上有各种动物半夜里嗷嗷叫。

老太太带着李七找了三天三夜，终于找到李七的家。家里人看着活过来的皮包骨的李七满脸的麻子，身后还跟着一个缠黑头巾的小脚老太太。家里人谢过老太太，就送她走了。李七带着刘二娃的唢呐回来了，家里人也不懂，就听见李七没事儿就天天吹。家里人有时候听烦了就吼两嗓子："吹吹吹，跟号丧一样，听着实在是丧气。"

李七家里本来就穷得叮当响，墙壁到处漏风，一到冬天家里人就挤在一起取暖。那会儿李七的眼睛还能看着点儿路，家里人却不待见，李七就自个儿拿着唢呐出去乞讨。李七跟其他的乞丐不一样，他寻着有人的地方就坐下吹唢呐。好奇的人看李七可怜，就丢给他几个铜子儿。李七饱一顿，饿一顿，走遍了四里八乡，睡遍了破庙茅房。

有一天，李七流浪到了沧州地界儿，他哪儿知道沧州唢呐人才辈出啊。他在一个小镇上吹唢呐，当地的好心人见李七可怜，就在他面前丢了不少钱。没想到这下可惹麻烦了，旁边有几个乞丐，一直恶狠狠地盯着李七。他们围上去要抢李七的钱，李七不给，几个人就把李七架到河边，把脑袋按在水里，好一阵子才拽出来。

李七被乞丐们像扔死狗一样给扔到地上，又遭了一阵拳打脚踢。李七浑身疼得就跟骨头散架了一样。可是乞丐们还是担心李七到镇子上抢他们乞讨的地盘，冲着李七的眼睛就是一通狂揍。看到他的眼角都流出血了，几个乞丐才扬长而去。李七抱着头在地上打滚，不知道过了多久，才离开了那个差点儿要了他命的地方。

李七被揍后，眼睛便感染了。他没钱看眼睛，视线越来越模糊，走路都要用棍子拄着，试探着前面有没有障碍。有一天，李七实在是走不动了，便抱着自己唯一的一把唢呐坐在路边。刚坐下就听到咣咣作响的锣鼓声，还有人在唱戏。李七走近，眯着眼睛，发现除了一个老头子坐在路边吹唢呐，再也没有别人。李七远远地站着，一会儿又听见各种腔调的人在唱戏，就跟小时候村里唱大戏一样。李七捏着手里的唢呐，心想人家这才叫吹唢呐，自己吹的什么呀，真想把自己的唢呐给扔了。

李七的视力不好，但是他的听觉很灵敏。正听得入神，唢呐声越来越近，还听到了脚步声，突然，唢呐声停了，李七清楚地感觉到有一只温暖的手正在自己的头上摸。那个吹唢呐的老头儿站在李七的身边，瞅了半天，说："这人是长得丑了点儿，不过嘛，丑人可以扮丑角儿吹啊。"李七后来才知道，老头儿是沧州的唢呐怪才，只要唢呐一到嘴边，不管是皇帝老儿，还是小老百姓，都能像活人一样出现在你耳边。

老头儿收了李七为徒，教他吹唢呐。老头儿见李七身子骨儿弱，要是吹唢呐的话，那可能连吹的劲儿都没有。所以，每天一大早，老头儿就给李七一根长长的竹管，让李七到河边，把竹管一头伸到水里，另一头含在嘴里，鼻孔不能呼气，也不能出气。天天就这样练憋气，第一天就把李七给憋晕倒在河边了。如果不是老头儿发现得早，李七就掉进河里淹死了。可是老头儿还是每天都让李七练憋气，两个月都没有换花样。

李七在河边练习了整整两个月憋气后，老头儿又用了两个月时间让李七学会吸气和呼气。李七一开始呼气总是凉的，老头儿就让李七手掌心对着鼻孔三厘米远，反复练习，直到呼出来的气是热的。李七没想到这一练气就过去四个月，以为可以吹唢呐了，没想到老头儿说："吹嘛吹？你的舌头连说话都是硬的，吹的唢呐是给鬼大爷听呀？"

李七翻着他那发黄的小眯眼儿，老头儿狠狠地训斥道："吹唢呐就跟做人一样，只有踏踏实实地练好基本功，才能有成功的机会。不许给俺翻白眼或是抱怨。"李七嘟囔道："唢呐上的几个孔要是配合好了，那不就能吹出好听的曲子吗？"老头儿说："唢呐是一门艺术，吹曲子那都是小把戏，吹一台戏才是本事呢。你小子还是太肤浅了。不吹《百鸟朝凤》，根本就配不上艺术这俩字儿！"李七头一次听说唢呐还能吹出《百鸟朝凤》。这《百鸟朝凤》

到底是个嘛玩意儿？

老头儿说，凤凰死后，百鸟以和鸣之声来祭拜凤凰，希望凤凰能涅槃重生。李七听不懂老头儿讲的是什么，老头儿又耐着性子重复了一遍，李七这才明白。原来凤凰死了，上百种鸟一起叫，跟村里老人死了，请一帮人哭丧送葬一样。李七问老头儿："唢呐能吹出上百种鸟叫？"老头儿说："除了唢呐上的功夫，口里的功夫不到，就吹不出《百鸟朝凤》。"

李七的舌头十分僵硬，就跟冰棒子似的。老头儿想了一个招。为了活动他的舌头，他抓了许多蚊子放在一个瓶子里，然后把蚊子全部都放出来，让李七用舌头舔这些蚊子。蚊子飞得太快，李七的舌头都没有来得及伸出来，蚊子就没影儿了。就这样，李七天天舔蚊子，练着练着舌头就抽筋了，随后整个嘴巴都开始发僵，连吃个饭都费劲儿。又是两个月过去了，李七竟发现他真的能在蚊子飞出来的那一刹那，把蚊子给舔到舌头上了。

老头儿拍着李七瘦小的胳膊，说："小子，能舔蚊子，你的舌头就可以在吹唢呐的时候跟手指结合，吹出各种飞禽走兽的声音了。"老头儿还教李七用舌头做各种动作，抖、颤、滑啥的，名头可多了。见李七学得差不多了，老头儿就把李七带到山上，让李七听各种鸟叫，然后要他用唢呐吹出各种鸟的声音。

李七站在山梁上，只听见各种鸟儿叽叽喳喳的叫声。老头儿让李七把每一种鸟叫分辨清楚，可是鸟的种类太多，叫的时候总是此起彼伏，怎么分得清？老头儿让李七凝神静气，只有把每一种鸟叫分辨清楚，才能吹出它们不同的声音。李七的听力令老头子很吃惊，一个上午就能吹出几种鸟叫，而且吹出来就跟真的鸟叫一样。

老头儿为了考验李七的听力，故意在旁边吹各种怪模怪样的鸟叫声。这些怪声怪气的声儿，李七也能分辨出来。老头儿听李七吹的唢呐总是没有神韵，提醒他，吹唢呐需要技巧，更需要情感，没有情感的唢呐就没有魂。什么是感情和灵魂呢？李七想起了自己出天花的病痛，想起自己被扔到乱坟岗的苦难……便哇哇地哭起来。老头儿严肃地说，情感不是哭出来的，是通过唢呐吹出来的。

李七抹掉眼泪，站在山梁上，想起自己的身世和遭遇，差点儿又要哭了，但他忍住哭，又开始吹，边吹边想着鸟儿回到妈妈身边了，想到凤凰死了，鸟儿们看着凤凰美丽的尸体哭泣。开始他的舌头和手指总是发抖，没想到，一曲《百鸟朝凤》，真引来了各种鸟儿在头上鸣叫。那一天，老头儿决定把《百鸟朝凤》最后的绝活儿“凤魂回鸣”传授给李七。

这一天，老头儿把李七叫到跟前，说道：“你走吧。”李七以为老头儿要赶他走，便跪着对老头儿说：“师傅，不要赶俺走。”老头儿说：“俺得了绝症，也没有绝活儿可以教你了。”李七一听，老头儿要死了，便跪在师傅面前，哭了大半天。老头儿当晚就死了。第二天李七在师傅的坟前吹了一曲《百鸟朝凤》……各种鸟儿在师傅的坟上盘旋鸣叫，经久不息。邻居们说，那些鸟儿在为老头儿送葬呢。

没有了老头儿这个师傅，李七又到处流浪了，后来眼睛也彻底瞎了。有一天，他流浪到了天津卫同和街。天津卫的洋人多，西洋乐器也跟着来了。天津卫还有各种戏班子和说相声的，可就是没有吹唢呐的。李七拖着小身板儿，抱着唢呐一边走一边吹。一开始不少人把他当乞丐，看他眼睛瞎了，可怜他，就给他面前丢几个铜子儿。这些铜子儿成了

没想到，一曲《百鸟朝凤》，
真引来了各种鸟儿在头上鸣叫。

他填饱肚子的希望。

有一天，李七坐在一家戏园子外吹《狸猫换太子》，老少爷们儿以为戏园子搞露天演出，都朝那里涌。可是走近一看，只见一个瘦不拉儿的人在吹唢呐，一会儿王爷，一会儿皇上，一会儿宫女，一会儿太监。围观的人越来越多。看惯戏台上唱大戏的天津人，没想到一个吹唢呐的竟能吹出一台戏。

李七吹完《狸猫换太子》，又开始吹《百鸟朝凤》，那些拎着鸟笼子的老爷们儿发现，自己笼子里的鸟儿也开始叽叽喳喳地叫个不停，不少鸟儿还开始飞来飞去撞笼子。围观的人被李七的唢呐惊呆了，笼子里的鸟想飞出去，头顶上还飞来了各种叫不上名的鸟。它们扑棱着翅膀，边跳跃边叫，吸引了不少人。正当人们兴致勃勃惊讶不已，李七却收起唢呐，走了。

天津卫的大街小巷都在议论李七的唢呐。后来，家里有红白喜事，都会请李七去吹一曲。李七把吹唢呐赚的钱，一部分施舍给穷人，还招了一些穷人家的孩子，教他们一起学吹唢呐。多年来，李七很少在葬礼上吹《百鸟朝凤》，很多有钱人出高价请他，李七死活都不吹。他记着师傅临死前的那句话:“只有德高望重的长者才配《百鸟朝凤》。”

后来，日本人打到北京，李七听说两个抗日将领战死了，他便带着一帮徒弟，在天津卫的日租界的大门口，吹了一曲《百鸟朝凤》。唢呐声起，百鸟悲鸣，围观的老少爷们儿都抹着眼泪。不久，日本人打到了天津卫。从那以后，天津卫再也没有听到李七的唢呐声，人们都记得李七说过的话:“德不配位，凤鸟不鸣。”

金舌头

一个醉醺醺的老头儿，拽着一个小厮模样的人，一路拉拉扯扯到了同和街拐角，啪啪地拍着木门。一会儿从门里面出来一个满脸红晕、肚皮圆滚滚的大胖子，他就是天津卫无人不知，无人不晓的金舌头。醉老头儿一把将小厮推到金舌头面前：“金舌头，你给品品，他们家的酒如不是假酒，我就在那棵歪脖子槐树上吊死。”

金舌头是同和街第一个留洋的，他们家曾经也是大户人家。留洋之前，金舌头滴酒不沾。回来后，金舌头经常穿西装，因为身体肥胖，西装的纽扣都扣不上。金舌头的皮鞋每天都擦得能照出人影儿，头上还经常戴着一顶圆筒形的黑色帽子，一根长长的辫子拖在背后。小孩子们经常会嘲笑他是个假洋鬼子。

没有人知道金舌头留洋都干吗去了，只是他

回国后，一杯酒放他面前，他就比孙悟空的火眼金睛还神，酒的真假、度数、年份，都能说得不差分毫。同和街的邻居都不知道他学的是个嘛绝技，以为他有一种潜入酒中的魔力，甚至怀疑他从西方洋人那里学到了妖术。那些老酒鬼见了金舌头，都要向他竖起大拇指，叫一声品酒大师。

很多人说金舌头品酒的本事是天生的，金舌头总是呵呵一笑。其实，金舌头留洋学的就是品酒。一开始，金舌头以为品酒就是天天喝酒，喝多了自然就能品出酒的真味。没想到西方的品酒师一开始都不会喝酒，他们都是经过训练练出来的。洋老师上课不讲别的，整天就让金舌头闻各种东西的气味，能在蒙住眼睛凭芳香辨物后，才能开始闻酒。

一开始，面对着一屋子各种各样的物件，金舌头闻了一种，下一种就区分不了气味，尤其是很多东西的气味都差不多。可是那些红鼻子蓝眼睛的洋人警告金舌头，如果不能闻出不同的香味，就早点滚回中国。金舌头从小在家娇生惯养，哪里做过如此枯燥的事。每次听到洋人让自己滚回中国，金舌头就捏紧拳头，继续闻着一样又一样的物品。

三个月，金舌头从一开始闻到各种气味就眩晕想吐，到后来闻到香味犹如进入了原始丛林，芳香扑鼻，沁人心脾。有一天，洋人老师拎着一瓶酒，让金舌头喝一口，不许下咽，也不能吐出来，一直含到跟水一个味儿，没有任何辛辣刺激的感觉，才能吐出来。金舌头一开始想不明白，品酒不下咽，那还叫个嘛的品酒？

洋人老师告诉金舌头，只有口腔里感觉不出酒的辣味，才能品出酒的真味。嘛叫真味？就是从酒里品出各种果香。洋人的酒种类繁多，很多种酒口味差不多，金舌头为了记住各种酒的特征，就会用一些食物代替感觉到的香味。金舌头跑遍了各种食品店和菜市场，发现陌生的食品、蔬菜，就会闻上一阵子，就这样通过无数次的反复实践，以分辨食物的各种香味来记住酒的特征。

金舌头在西方学了三年，自以为能记住市面上所有酒的特性。在一次考试中，老师拿出四个酒杯，那一天，金舌头的成绩是零分。金舌头一辈子都忘不了那一场考试。四个酒杯无色无味，金舌头一开始怀疑是自己鼻子坏了，含了一口，没有任何刺激味，也没有酒的花香味。到最后，洋人老师公布答案，四杯水分别是蒸馏水、白开水、纯净水、自来水。

金舌头又练了三个月，所有考试通关后，洋人老师提醒金舌头，要想成为中国超凡的品酒师，就要一直保持舌头的灵敏，长年不能吃辛辣刺激性的食物，不能吸烟，更重要的是不能随意喝酒，才能品出酒中的万千气象和各种神秘的滋味。金舌头回到同和街，邻居们除了见他经常出没于饭庄，品尝各种美食，从未见他醉过酒。

那会儿，天津卫的租界多，洋人的酒馆也很多。各种假酒贩子穿梭在大街小巷，他们竟然将假酒贩卖到同和街的饭馆里。刚刚剪掉辫子的金舌头，一身西装，梳着大背头，进了同和饭庄。老板的酒刚送到桌子上，金舌头就站起来往外走。老板一脸懵，金舌头低声说："老板，你卖假酒，生意长不了啊。"

同和饭庄的老板苦不堪言，假酒贩子背后有一帮混混，不买他们的酒，就要砸了饭庄。老板早就听过金舌头的舌头有魔法，不仅能品出酒的真假、年份，甚至连酒里的花香都能品出来。老板求金舌头帮忙。金舌头留过洋，见过各种烂人，也经常被租界的一些洋人请去鉴别酒的真假。假酒贩子都怕租界的警察。金舌头决定收拾一下假酒贩子。

到了给饭庄送酒的日子，假酒贩子推着车大摇大摆地进了同和饭庄。金舌头跟租界的警察早就以食客的样子坐在桌子边，见送酒的来了，就让老板来一坛。金舌头喝了一口，吐在地上，故意大声嚷嚷：“老板，你进的酒是假酒啊。”假酒贩子以为金舌头就是个普通食客，几个人围上来，凶神恶煞一般问：“死胖子，你说的是个嘛，哪里有假酒？”

金舌头端起酒杯递给假酒贩子，说：“你尝尝？”

假酒贩子端过去一口下去，差点把嗓子都给辣坏了，一股刺鼻的气味直冲天灵盖儿，忍住没吐出来。金舌头在旁边问：“老板，咋样？”假酒贩子一身短打，见金舌头旁边几个人埋头吃饭，以为他们都是尿包，一边抹嘴，一边警告说：“死胖子，你别找事儿，找事儿就是找抽。”旁边的几个警察不想跟假酒贩子废话，直接把人抓走了。

抓了假酒贩子，金舌头在同和街出名了。假酒贩子们一见到那个品酒的胖子，就恨得牙痒痒。同和街附近的饭庄再也没有强行卖假酒的黑心商人了。远近的饭庄老板都来找金舌头去品酒。那些被金舌头品过酒的饭庄，生意都日益兴旺起来。

有一天，租界附近新开了一个酒庄，开门大

金舌头端起酒杯递给假酒贩子，
说："你尝尝？"

吉，那肯定就得招揽顾客呀。这酒庄就准备举办一场品酒大赛，品到哪个酒，只要说对了名字、年份，就送他一箱好酒，还有二十块大洋，证明老板的诚意。天津卫那些老酒鬼们都跃跃欲试，想把老板酒庄里的酒给赢光，一早就到酒庄门外排队。品酒大赛一开场，品酒的酒鬼、围观的群众，现场人山人海。

有几个老酒鬼一闻到酒香，就跟苍蝇一样扑过去了。第一个酒鬼喝了一口，咂巴着嘴，憋半天没说出是啥酒。后面排队的都等得不耐烦了，直嚷嚷："行不行啊，不行就走开，后面还排着队呢。"金舌头转了一圈儿，有眼尖的认出他了，起哄说："大师，你上啊。"

金舌头腆着肚子，乐呵呵地说："不急，不急！"

第一个酒鬼咂巴了半天嘴皮，也没有说出个所以然，酒庄的一帮伙计架着酒鬼就扔到一边儿去了。排队的人一看，说不出来是啥酒就要被扔出去，一开始的激情就消了一半。还是有几个胆子大的去品，可是没有一个人能品出个名堂来，有两个老头儿被扔到地上，半天都没有爬起来。金舌头一看，酒庄太过分了，一撸袖子，坐到了品酒台上。

围观的人见金舌头端起酒杯，鼻子在酒杯附近闻了闻，不像那些酒鬼，上去就一口把酒给喝了，喝完了才开始咂巴嘴。金舌头闻过酒后，轻轻地舔了一下，咂了咂嘴，习惯性地用左手摸了摸圆滚滚的肚皮，说："这是本地五四大街的津四十胡同陈记酒铺的红米高粱酒，酒精四十六度，三个铜子儿一两。太糙了就是，非常的不细腻。"

酒庄老板听他叽里呱啦说一大堆后惊呆了，这个大胖子没有喝，只是闻了闻，舔了舔，他为嘛分析得如此精确呢？老板只能硬着头皮给了金舌头一箱酒，还有二十块大洋。老板问："胖子，还试吗？"

金舌头想都没想："为嘛不试？"老板想改规则，说："如果你赢了，再给你二十块大洋；如果没品出来，刚才的二十块大洋你得还给酒庄。"金舌头摸着肚皮，假装很为难的样子。老板以为金舌头害怕了，说："不敢了？"旁边围观的人吼道："老板，你是个嘛玩意儿？临时修改规则？"金舌头示意大家静一静，说："有嘛不敢的，继续！"

酒庄老板让伙计给金舌头倒上另外一杯，金舌头又是用舌头舔了一下，咂巴咂巴嘴说道："这是北平莲池大街五十一号小巷子中的李氏酒坛卖的大米酿。五十个铜板一斤，口感比较顺滑，刚入口没有热，后面就有热的了。感觉酸酸的，三十九度的白酒。只能说，中规中矩，一般般吧。”金舌头一说完，倒酒的用人愣住了，围观的人开始鼓掌。

金舌头的话又给老板吓了一跳，酒庄开业之前，老板整整花了一年时间，搜罗了北方六省大街小巷不少酒，除了他的酒庄，别无二家啊。老板心想：“这小子咋这么厉害啊？这白酒应该很难猜啊，平时俺都猜不出来。不行，得给他整得以后都不会来俺这酒庄。嗯，得给他点儿颜色瞧瞧。”这边儿，金舌头又得到了一箱酒和二十块大洋。

在众人的掌声中，酒庄老板低声在伙计的耳边说：“去，给他准备我的隔夜香！”

第三轮品酒继续进行，老板将酒杯递给金舌头。金舌头端起杯子，靠近鼻子了都没有闻到酒香。老板在旁边一脸坏笑。金舌头心里有数了，故意装作很为难的样子。老板说：“胖子，如果你这一次猜出来了，领走二十块大洋，一箱酒。”围观的人齐声喊：“继续猜！”老板话锋一转，说：“如果你猜错了，前面的四十块大洋留下，带走两箱酒。”

金舌头还没有说话，围观的人就开始骂老板：“是个嘛玩意儿老板，真是黑心肠啊！”金舌头闻了闻，问老板：“你确定闻出来了，大洋、酒继续给？”老板重复了刚才的话。金舌头说：“这是新月大街八十六号钱记水庄的盘山矿泉水，属于花岗岩风化裂隙水，味道甘甜。”

围观的人开始鼓掌。老板的脸一下就拉下来了，金舌头只是闻了闻，都没有品尝一下，竟然连白水都能辨别出来，难道他真的去西方学到了妖术？老板指着金舌头：“你是在玩弄妖术！”没等金舌头说话，围观的人就不干了，吼道：“嘛妖术不妖术的，大师品酒那是真本事，老板你可别不想给钱啊，赶紧亮底牌吧。”老板不得不按照比赛规则，将杯子下面压着的答案公布。金舌头说的一字不差。

老板很不耐烦地冲着伙计说：“去，给他二十块大洋。”

金舌头接过大洋。另一个伙计捧着一个盘子出来了，冲着老板使了一个眼色，两人心领神会。老板的脸上出现一丝诡异的笑，被金舌头看在眼底。老板示意伙计将盘子端到金舌头跟前，说：“胖子，这一轮品尝黄酒，如果你品尝出来了，奖金四十块大洋，如果错了，前面三轮的大洋全部归还酒庄。”

围观的人开始议论纷纷，不少人骂酒庄老板心黑，也有人说老板奖金都翻倍了，金舌头若继续品尝那就是接受了老板的下注，就是接受了游戏规则。金舌头盯着盘子里的酒杯，想到刚才老板脸色的变化，心想肯定没有品酒那么简单，也不去理会围观人说的是什么，摸了摸圆滚滚的大肚皮，跟老板说：“一言为定！”

第四轮开始了，只见金舌头端起酒杯，在离鼻子一掌宽的距离，轻轻地嗅了嗅。旁边围观的人都屏住呼吸，生怕自己呼出的气吹走了酒杯里的香气，干扰金舌头的品鉴。香气是黄酒的灵魂，金舌头连嗅了两次，除了浓郁的桂花香，还有一种混合着大蒜的氨气味儿。老板见金舌头一直嗅，迟迟不肯用舌头品尝，说：“胖子，你的妖术还灵不灵啊？”

围观的人很着急，问：“大师，你快用舌头尝尝啊。”

金舌头一听老板的话，更加确信了那个伙计是去使坏了，既然老板心黑，那今天就好好陪老板玩玩。金舌头轻轻地用舌尖儿舔了一下杯里的酒，这回没有咂巴嘴，而是异常迅速地把酒给吐了出来。伙计在旁边坏笑，老板也想笑，一直憋着。金舌头不慌不忙，问：“老板，你的孩子今年多大啊？”

围观的人觉得金舌头这个问题简直是莫名其妙，说：“老板的娃娃几岁，跟品酒有嘛关系？”老板想都没想，说：“一岁。”金舌头说：“不对啊，这酒杯一端，我就知道老板你还是个童子身啊。”老板没听明白，嘲笑说：“胖子，品不出来就不要东拉西扯的，如果你是个爷们儿，输了就认。”说着，老板一双手已经伸到金舌头面前，要去夺那六十块大洋。

金舌头没有伸手去护那六十块大洋，而是端起酒杯，说：“这是意大利租界马可波罗广场的金记酒肆桂花女儿红，二十六度，清香舒爽，香气凝而不散，只可惜老板加入了自己独家配方的隔夜香。”围观的人开始鼓掌，老板的脸色一下变了，金舌头将酒杯塞到老板手上，说：“老板，昨天吃大蒜了吧？别忘了，回家好好看看你家娃的样子。”

老板的脸色越来越难看，围观的人开始起哄：“老板，赶紧给大洋吧。”伙计拎着大洋准备递给金舌头，老板大吼一声：“蠢货，滚！”吓得伙计退到老板身后。老板上前拍着金舌头的肩膀，咬牙切齿地小声问：“死胖子，你到底什么意思？”金舌头笑着小声在老板的耳朵边说：“老板，你说是个嘛？你自己造的孽，心里没有一点儿数？”

金舌头推开老板搭在肩膀上的手，大声喊道：“大家都散了吧，他家酒有毛病啊！他家的黄酒里头竟然有尿啊，还是酒庄老板隔夜的童子尿。你们千万不要来这个酒庄买酒啊！”老板一听吓傻了。

那些围观的人一听金舌头的话，开始对老板破口大骂：“早就看出这个老板不是个好东西，没想到长得人模狗样的，一肚子的坏水。”有人嘲笑老板：“想用自己的尿害人，没想到品出这个儿子竟是别人的种。”围观的人一哄而散。因为没人再买这老板的酒了，他的酒庄也就渐渐黄了。后来，听说老板把妻儿都赶出家门，最终落得个妻离子散。

金舌头在天津卫的名声越来越响。无论是中国的老板饭店开张，还是租界洋人的酒吧开业，老板们都会请他去品一品，鉴定真伪。那些整天喝得晕乎乎的酒鬼，也经常拎着酒壶到同和街找金舌头，让他帮忙判断一下自己买的酒到底是真的还是假的。再到后来，政府聘请金舌头做了酒业打假顾问。金舌头无论走到哪里，他总有一句话挂在嘴边：愿天下无假酒。

假牙

望着不远处的硝烟，假牙总是忘不了那个下午，同和街茶馆突然闯进两个国民党老兵，像老鹰抓小鸡般，一把就把他爸给抓走了。假牙记得他爸说的最后一句话："欲知后事如何，且听下回分解。"那个下午，同和街的天空很蓝，街上很乱。

在同和街，假牙家称得上是有文化的家庭。他爸是说书的，只要他爸一张口，"口吐莲花"一类的词儿都形容不了那个精彩；只要他爸在同和茶馆一敲惊堂木，整个同和街的老少爷们儿都会涌入茶馆，如痴如醉。假牙他妈是个弹琴的，当年穿得花枝招展的她，一曲《高山流水》，就把假牙他爸给迷住了。

假牙他们一家日子过得很滋润，只可惜假牙生下来就是个结巴，他三岁的时候还不会说话，这把他爸他妈给急得呦，又是看医生开药方，又是请巫婆吃偏方。在五岁之前，假牙就没有说过一句利索的话，这成为同和街的一个笑话。有人看到假牙坐在茶馆门口发呆，总会嘲笑说：“他爸靠一张嘴说书，把他们家的阴德全给消耗了，儿子才会是个结巴。”把假牙给气得够呛，因为结巴，跟人还嘴都不利索。

假牙虽然结巴，性子打小却要强，他爸说书的时候，他就坐在下面一边听，一边学着他爸的样儿。可学了好久，他爸那流利的口才，他就是学不会。全街的小屁孩儿天天围着他转，笑话他是个哑巴。假牙每次回到家里，就把自己关在屋子里，对着墙壁大声讲听来的故事，结结巴巴，把脸憋得通红都说不完整。一遍又一遍，假牙不厌其烦地模仿着他爸说书的样子，这些故事倒是记下了不少，可他就是不能完整地说出来。

假牙因为结巴，总是没有勇气跟别人说话，遇到不认识的人，说话结巴更厉害了。假牙他妈买了一面梳妆的镜子，假牙每天对着镜子，学着他爸说书的样子，厚着脸皮让两个妹妹当观众，给她们表演。两个妹妹知道是帮助哥哥治结巴，都很配合。同和街的邻居都很可怜他，无不同情地说：“娃是个好娃，就是结巴。”

有一次，假牙他爸说完书了，大家都准备散场回家，没想到假牙跑上台，抓起桌子上的惊堂木重重地一拍，大家以为他爸还要说个回场的小段儿，都转身回来，没想到却是假牙。大家齐刷刷地看着他。假牙还没有张嘴，一双手就紧张得直冒汗。他的手来回在裤子上搓着，镇静了一下，把这些街坊邻居当成平时听自己讲故事的妹妹，虽然结结巴巴的，但终于把一段故事背诵完了。假牙羞涩得以为大家会嘲笑他，没想到都给他鼓起掌来……

假牙十五岁的时候，有一个游方的老郎中路过同和街，假牙的爸妈特地请他来家。老郎中医术高超，二话不说就在假牙身上扎了许多细细的针，还叮嘱假牙经常到街上跟陌生人多说话。假牙坚持了两个月，说话竟利索多了，已经能把他爸讲过的故事给说出来了。这可把他爸他妈高兴坏了，一个劲儿向老郎中道谢。

一家人刚开心没几天，没想到他爸竟出事了，而且就出在说书这一行当。为嘛呢？有一天他爸出去说书，讲的是一本刚出版的小说，叫《西安事变》。

就在那天，两个国民党兵油子路过同和街茶馆，见茶馆门口站满了人，挤都挤不进去。两个兵油子伸着脑袋一听，好嘛，一说书的，整条街上的人全搁那听假牙他爸说书呢。是嘛故事吸引这么多人呢？不听不知道，一听就气炸了，一个兵油子边掏枪边说：“这个臭说书的，竟然敢说俺们国民党不抗日，骂俺们的蒋委员长，还骂俺们是狗腿子，简直是罪不可恕！走，咱抓了他！”

假牙他爸被抓了，他妈一打听，原来抓他爸的那两个人是国民党的特务。假牙他妈可吓坏了，连夜收拾家里值钱的东西从后门溜走了。假牙跟两个妹妹抱在一起，哭成一团。假牙看着嗓子都哭沙哑了的两个妹妹，心里发愁，自己也才十多岁，没了爸爸妈妈可怎么办呢？拿什么来养活自己和两个妹妹呢……

假牙决定子承父业——说书。在假牙说话利索之前，他喜欢看书，练就了快速记忆的本事。他拿起一本书，哗啦啦翻一通，就那么几个来回，差不多几十分钟吧，就能把故事说个一二三四五了。为了让听众满意，他仍然先让俩妹妹当听众。俩妹妹听惯了他爸说书时绘声绘色的故事，对假牙说的干干巴巴的故事没什么兴趣。

假牙心想，自己虽然不结巴了，却为什么吸引不了人呢？他终于悟出来了，他爸说书是把故事都变成了自己的语言，而且投入了情感，自己仅是把故事记住了，对里面的知识没有消化，而是死记硬背，让人听了感觉枯燥无味，听众肯定没有兴趣了。

之后，假牙为了练习自己说书的技巧，成天把自己关在屋子里，把自己熟悉的故事对着墙壁反复讲，每当讲得自己心烦的时候，他就想起他爸的话："说书人就是把简单的事情重复做，重复的事情用心做，就能练好口才，讲好故事。"假牙学着他爸说书的样儿，一遍又一遍地讲那些生动有趣的故事……

假牙的小妹喜欢吃狗不理包子，发现假牙改进了说书方法，就对他说："哥哥，你说的有爸爸那味儿了。"假牙逗小妹："嘛味儿呢？"小妹乐呵呵地说："之前讲的就跟死面馒头一样，现在讲的就跟狗不理包子一样了，有滋有味呢。"假牙看小妹提到狗不理包子就流口水的样子，就知道自己说书有几分像他爸了。

假牙小时候最喜欢听他爸讲《三国演义》，他也不懂嘛是个兄弟情义，只知道刘备、张飞、关羽他们哥儿仨关系很好，一直在打仗，红脸的关公打败了白脸的曹操，最后争夺天下的三家却被司马家的人给一锅端了。小时候不懂嘛战争、权谋，每次听他爸讲《三国演义》的时候，从他爸脸上的眉毛、胡子、嘴巴、眼睛生动的表情上都能感受到古代战场上金戈铁马厮杀的惨烈景象。

假牙终于懂得了说书是要理解故事和人物，他学着他爸的样子讲起了《三国演义》，脸上各种表情，手上各种动作，说得声情并茂，让人身临其境。他给俩妹妹讲了一段张飞鞭打督邮的故事，俩妹妹听得义愤填膺，直说那个督邮太坏了，该打，该打……

假牙遇到一些老街坊，高兴地逢人就说："叔叔阿姨们，我给大家说一段书听听！"老街坊开始将信将疑，心想这个结巴娃娃，能像他爸一样说书？可假牙却信心满满。一段未了，竟掌声不断。听着掌声，假牙说得就更加卖力了，他这说书的本领总算是初步练成了。

假牙终于可以用说书来讨生活，养活他和妹

妹了。一天，他拿出一个小凳子，一个装银钱用的碗，在同和街拐角处摆出一个摊子，准备开始说书了。

假牙不管自己在嘛地儿说书，就这么正襟坐在那儿，不管有多少人，中国人还是洋人，男女还是老少，嘛都不在意。说书开场白是个技术活儿，茶馆里的说书人，一张嘴就是“各位老少爷们儿，有钱的捧个钱场，没钱的捧个人场”。说白了，就是明里暗里求赏钱，这个跟叫花子乞讨没啥区别。这说书的怎么也算半个文化人了，你一个字儿还没说，凭嘛要赏钱啊？往往来的人一听这句就走了。在假牙心里，这种开头会让他自己都觉得耳根子不舒服。

假牙每次摆摊子，都会想起他爸的一句话：“说书就是一门生意，一分钱一分货，只有说得好听，人家才会多给你两个钱儿。”假牙每次往那儿一坐，几分钟即保证让故事的主角儿从他的声音里走进围观人的跟前。有一次，假牙听闻日本人进了北京城，很快就要打到天津卫，想起那两个抓他爸的特务，假牙决定说一段《西安事变》。假牙想他爸了。

来同和街听假牙说书的人越来越多。这一次特务没有来，倒是来了几个小混混。小混混们一看，好家伙，里三圈儿外三圈儿的，听一个还没有长胡子的小屁孩在那儿说评书，这个说书的还大骂蒋介石，地上碗里还有不少钱。小混混眼珠子骨碌一转，于是就想狠狠讹假牙一笔。

其中一个就问："你讲的是个嘛？"

"俺讲的是西安事变。"

"哦，钱拿来，俺们饶你不死。"

假牙想起他爸被抓的情景。特务们用枪对准他爸的额头，他爸却临危不惧。眼前几个小混混，一看就是来讹钱的。假牙从凳子上站起来，冲着小混混说："俺说俺的书，你们走你们的路，怎么就冒犯了？张口就钱拿来，想讹俺的钱，总得给个理由吧。"

小混混没想到一个说书的胆儿还挺大，敢跟混社会的犟嘴，恶狠狠地说："俺们就是来讹你钱的！你不想给是吗？你敢光天化日之下骂蒋委员长，俺看你是活腻了。你要是识相的话，就把你的钱交出来，别说俺们没有警告过你。你要是不给，俺们就去警察局告你去，让他们解决你。"说着，便来抢装钱的碗。假牙伸手去夺小混混手里的碗，跟小混混扭打在一起。假牙体力不支，被小混混们给踹翻在地。小混混们的脚跟雨点一样，噼里啪啦一阵踩在假牙的身上。假牙蜷缩着身子，紧紧地捂住夺回来的碗和钱。小混混见假牙已经是鼻青脸肿，担心出人命，一哄而散了。

假牙挣扎着站起来，吐了一口血，没想到吐出一把牙齿，数了数，有九颗之多。假牙一屁股坐到地上，心里一惊，牙齿没有了，张嘴就漏风，还怎么说书赚钱？假牙在家里休养了几天，以为可以继续说书了，没想到一张嘴，仍是满口漏风，吐字不清，围观的人一哄而散，嘲笑道：“一个结巴，说话漏风，还说书。”假牙怔怔地坐在那里，心里茫然……

不能说书赚钱了，家里柴米油盐眼瞅着就快没了，总不能带着两个妹妹上街当叫花子吧。假牙听说租界里有红鼻子蓝眼睛的洋医生，他们卖一种新奇玩意儿，叫牙套，听说只要戴上这个牙套，就能跟正常人说话一样吐字清楚了。假牙决定用他仅存的一点钱买一个牙套。可是牙套买回来才戴了一天，就坏了。

假牙很不服气，天还没有亮就跑到租界，跟

红鼻子医生一通吵吵。洋人也听不太明白假牙在说啥，等假牙说完了，才用半生不熟的中文说，牙套不分高低贵贱，戴一天就废了，必须一天换一个。假牙心想，嘛玩意儿一天就废了？一定是洋人在骗自己。

洋人见假牙脸红脖子粗的，就找来个翻译。假牙这才搞明白，牙套是一种西洋最新的特殊材料做的，只有吃饭的时候才戴上，平时都取下来洗干净放着，一直戴容易坏。假牙说书的时候老用牙齿表达情绪，不停地咬，所以很费这牙套，本来一天才会坏的，现在变成俩时辰就得换一个了。而且，那时的牙套工艺太差，造型也不规整，每换一个，声音还不太一样，搞得假牙的声音总是变来变去。

这说书可是个技术活儿，整天随时变换声音，任你也不爱听。没人来听自己说书，假牙就没有钱换牙套，搞得家里很久油盐未进，只能靠两个妹妹到处挖野菜。

假牙再次到租界看洋人医生。洋人说不戴牙套也行，那就装假牙。可装假牙要一大笔钱，没办法，他变卖了家具，带着钱去找红鼻子医生。医生用小竹片在假牙嘴里一通捣鼓，说：“你剩下的牙齿不是虫蛀了，就是断了半截儿，得拔掉。”假牙怕钱不够，问：“能不能只装掉了的地方？”红鼻子医生说：“不行，现在装假牙必须拔掉所有的牙，把一个整体的牙装上去。”假牙心一横，想：拔就拔吧，只要这次装的假牙不再漏风，让自己能重新说书赚钱就行。

假牙在说《三国演义》的时候，曾说过关羽刮骨疗伤的故事，没想到自己躺到手术台上时，并没有关羽那样坚强。红鼻子医生一钳子下去，他就疼得死去活来。那会儿没有全麻的药，拔一颗牙就疼得要死。假牙嗷嗷叫，血星子四处飞溅，拔完以后还满嘴的血沫子，洗都洗了一刻钟。就这样，洋人医生给他整了满口的假牙。

假牙再次回到同和街说书时，日本人已经从北京打到了天津卫，那些抓他爸的国民党特务早已溜之大吉，满大街都是扛着膏药旗的日本兵。假牙一边说书赚钱，一边照顾两个妹妹，还要抽空去找他爸，可他爸一点儿音信都没有。因为他满口牙齿都是假的，自那以后再也没有人记住他的名字，都叫他假牙。

有一天，假牙听说日本人拉了一批中国人到东

假牙讲的时候，时而义愤填膺，
时而声泪俱下。

北，他爸就在那批人里。还听说拉去东北的那一批人，被送到了日本人的实验室。假牙不懂嘛是实验室，只听说日本人的实验室有进无出，就是个人间地狱。

从那时起，假牙就开始不断收集各种抗日故事，整到一块儿，给这个大合集取名叫《抗日英烈传》，全是讲抗日光荣牺牲的人们的故事。假牙讲红衣白马女英雄赵一曼，日本人的老虎凳、辣椒水，都没有让赵一曼屈服；讲赵一曼在刑场上高喊抗日口号，日本人问赵一曼还有何话说，赵一曼让日本人将抗日的话带给家乡的儿子。假牙讲的时候时而义愤填膺，时而声泪俱下。听书的人都随着假牙的情绪，一会儿高喊打倒日本帝国主义，一会儿又为赵一曼的刚强不屈、英勇就义抹眼泪……

假牙在讲《抗日英烈传》时，还呼吁大家一起抗日救国。那些曾经游手好闲的年轻人，听了假牙的说书，个个热血沸腾，不少人都逃出日本人的封锁，到前线参军抗日去了。那些到了前线的年轻人，学着从假牙那里听来的抗日故事，讲给战友们听，一个连队一个连队传下去，鼓舞着抗日的战友们。

生活在同和街的假牙日子越来越艰难，日本人每天都在街上巡逻。只要日本人一来，假牙就只能讲《三国演义》。有一天，假牙正在讲自己新编的抗日故事，日本人突然闯进茶馆，把假牙给带走了。人们都以为假牙完蛋了，会像他爸一样被送到日本人的实验室。没想到过了一个月，假牙回来了，整个人瘦得皮包骨。回来的当晚，假牙就带着俩妹妹离开了同和街。

假牙将俩妹妹安置在农村后，就去部队当兵了。每次打完仗休息的时候，假牙总会给大伙儿说一段评书，除了《三国演义》，更多的是自己收集的抗日故事。《抗日英烈传》的故事越讲越多，每次说书的时候，都把战士们听得热血沸腾。那些士气低落的，听了假牙的说书，战场上个个奋勇杀敌。

之后，战士们就再也没有见到过那个经常遥望远方的说书人假牙了。有人说他跟随部队转移到别的地方去了，也有人说有一次日本人突袭的时候，假牙躲闪不及牺牲了。假牙讲过的那些故事，活着的人一遍又一遍给新来的战士讲。假牙自编的《抗日英烈传》的故事，随着部队的转移，流传到其他抗日前线，激励着一批又一批抗日的战士。他们不记得假牙的真实名字，只记得那个满口天津话的说书人假牙。

跟风耳

同和街那棵歪脖子老槐树下，坐着一个瘦骨嶙峋的老头儿，白发苍苍，耳朵像团扇一样，长长的耳垂快耷拉到肩膀上了。一阵风吹来，吹乱了老头儿的胡子。旁边围着几个淘气的小孩儿，一把揪住老头儿的胡子。老头儿哎哟哟地叫着，配合着小孩儿们玩闹。

有一个小孩儿爬到老头儿膝盖上，摸着老头儿那已经松弛的耳垂，问："老头儿，你这耳朵还能听到嘛声儿？"老头儿右手靠在耳朵背上，装作听不见的样子，说："娃娃，你家的盘子摔坏了。"小孩儿们哈哈大笑："这老头儿又说疯话了，他家在同和街最东头儿，你能听到他家盘子摔碎了？老了还骗我们！"

老头儿满脸微笑："娃娃，想当年啊……"老头儿刚开始说，小孩儿们就哄堂大笑："老头儿，别吹了，一准儿又要讲当年你在皇上他们家那事儿……”住东头的一个妇女大声喊着跑过来：“狗子，别玩儿啦，你爸妈在家打起来了，锅碗瓢盆都给砸烂了。”刚才还在跟老头儿嬉皮笑脸的小孩儿们都惊呆了，问：“老头儿，你真能跟风听音啊？”

老头儿抬头望了望老槐树，慢悠悠地说：“想当年啊……”话还没说完，又被小孩儿们一番嘲笑给打断了。路过的邻居看到一群娃娃在嘲笑老头儿，呵斥说：“你们这帮不懂事的娃娃，知道他是谁吗？”小孩儿们不以为然，问：“谁呀？”邻居指着老头儿硕大的耳朵：“他就是咱们天津卫大名鼎鼎的跟风耳，耳朵灵着呢，皇帝都想用他的耳朵。”

小孩儿们又淘气地摸了摸老头儿的大耳朵，他们搞不懂，耳朵的最大用处是嘛？小孩儿不禁问：“老头儿的耳朵啥都能听见？”邻居说：“老头儿的耳朵到底多灵，俺可不知。不过啊，咱们天津卫的人都知道，同和街歪脖子槐树旁，住着一个老头儿，他的名字叫个嘛，没人知道，都知道他那一双大耳朵，百八十里开外，能跟风听音，我们都叫他跟风耳。”

“跟风？跟的是嘛风？比那个叫孙悟空的猴子

翻的筋斗还要快的风吗？”小孩儿们围着老头儿上下左右看了个遍，除了胡子长一点儿，耳朵大一点儿，他跟别的老头儿也没啥两样啊。邻居也不懂，挠了挠后脑勺，说：“风有多快俺也不清楚，只是听人说风的速度很快，跑得比鸟儿飞还快，他的耳朵就是跟着这风走的。”

小孩儿们还是不信，指着街东头狗子家的方向，说：“你看，那边有铁匠铺子，大戏园子，还有说书的茶馆，那么多乱七八糟的声音，老头儿怎么就能听见狗子他们家盘子摔碎了呢？”邻居之前听老头儿自己说过，就对小孩儿们说：“他的耳朵跟我们的一样，进入耳朵的声音很杂，很乱，可他这耳朵妙就妙在可以辨别出他想听的那个声音，把那些没用的声音给屏蔽了。这本领没有人能超过他。”

老头儿年纪太大了，说着说着就眯着眼睛睡着了，还打起了呼噜。眉飞色舞的邻居压低了声音，小孩儿们越来越好奇，拽着邻居的衣服，让邻居再讲讲跟风耳的故事。邻居面带难色，只知道跟风耳小时候家里很穷，在宣统皇帝的园子里待过一阵子。他们哪里会知道跟风耳重回同和街之前，经历过怎样的曲折传奇。

跟风耳他爸五代单传，他爸发誓多生孩子，一口气就生了五个，这第五个即是跟风耳。跟风耳很小的时候，有一天突然对他爸说，很远的地方有人在哭，说得瘟疫死人了。他爸以为这小子胡说八道，把他揍了一顿。可没多久，他爸就染上怪病，高烧不断，死了。家里人都说跟风耳是丧门星、乌鸦嘴，邻居见着他都躲得远远的。

天津卫挨着海边，经常刮台风。跟风耳他爸去世那一年，天津卫的台风特别大，听说洋人停靠在码头的船都给吹没了。那场台风来之前，跟风耳就跟他妈说，风要来了，嗖嗖作响，最好把房子上的草压严实一点。跟风耳他妈站在歪脖子槐树下，望着一望无际的蓝天白云，破口大骂："这个倒霉孩子，别张着乌鸦嘴瞎说，有个嘛风啊？"

到晚上，台风真的来了，房顶上的稻草被台风卷到天上去了，接着又是暴雨。台风过后，一家人的日子就更难过了。没过多久，跟风耳的两个姐姐浑身浮肿，高烧不退，死了。跟风耳他妈觉得这个儿子是个不祥之人，就把他卖给一个姓林的财主家。

林财主把跟风耳带回家，瞅着这孩子，双颊凹陷，紧紧地裹着腮帮子，瘦得跟毛猴子一样。林财主的老婆是个刻薄的女人，拎着跟风耳的耳朵，恶狠狠地对林财主说：“你看看，跟猴子有啥区别，买回来有个嘛用？一看就是个扫把星。”林财主摸了摸跟风耳的耳朵，对他婆娘说：“老话儿说得好，大耳朵有福。你看看这耳朵，都快垂到肩膀上了，买回来就会给我们林家添福的。”

林财主让跟风耳负责扫院子。跟风耳一看，傻眼了：这财主家的院子可真大，院子墙角有三十几个防火的大水缸，院子里几条看门狗跑来跑去。等他把院子打扫干净，把狗窝给清理完，太阳都已经下山了。

从地里干活回来的长工一进院子，几条狗就汪汪地叫起来。跟风耳在狗叫声中，却听到有一种脚步声与众不同。晚上跟风耳躺在床上睡不着，就在狗叫声中辨识微弱的脚步声。到了半夜，跟风耳没有一点睡意，干脆起来蹲在门口听，发现五个巡逻的里头，有四个人的脚步声是一样的，低沉有力，却有一个人的脚步声轻飘飘，是个习武的练家子。被卖到财主家才第一天，跟风耳琢磨着要不要跟林财主说有一个护院人有问题呢？

在大门口蹲着蹲着，跟风耳就睡着了。第二天，天刚麻麻亮，他就被地主婆轰起来干活儿。地主婆在一旁盯着跟风耳。跟风耳想了想，还是说了："东家，你们的护院人里可能有贼。"地主婆没好气地说："你看看你那尖嘴猴腮的样子，倒更像个贼呢。"过了一个时辰，天大亮了，管家嚷嚷着喊老爷。林财主伸着懒腰走到院子，一脸的不高兴："嚷嚷个嘛啊？"

管家慌慌张张："老爷，新来的护院王二愣子，卷了账房十个大洋跑了。"

地主婆想起跟风耳的话，指着正在干活的跟风耳说："一大早，那个猴子娃儿就说护院里可能有贼。"林财主招手让跟风耳到跟前来，问："你咋知道护院里有贼？"跟风耳说："五个护院里，有四个人脚步声很沉，只有一个人与众不同，脚下生风，轻飘飘的。"

林财主瞅了瞅跟风耳的耳朵，很是纳闷儿："脚下生风你都能听到？"

跟风耳沉默了一下，又说："正前方五里远的一块地里，刚才长工的锄头挖到了一块青石头。"

地主婆上前一把揪住跟风耳的耳朵："你还真

是一只狡猾的猴子。说，你跟那个二愣子是不是一伙的？你一来，晚上就听到有人偷东西了。一大早我发现你蹲在门口，是不是给他放风，好让他去偷大洋？”跟风耳急了：“东家，我如果跟二愣子一伙的，我早跟他跑了，还会一大早就告诉你吗？”

林财主跟管家说：“你去地里看看，有没有挖到青石头。”

很快，管家回来了，说长工在刨地的时候，真挖到一块青石头，锄头都给豁了。院子里的人都惊呆了。林财主看了看跟风耳的眼睛：“你有千里眼？”跟风耳说：“我是听到锄头跟石头碰撞的声音。”地主婆压根儿就不信，拎着跟风耳的大耳朵，一脸凶相，说：“小小年纪就开始撒谎，是不是跟地里的长工串通好了，专门来装神弄鬼的？说，到底想干啥？”

林财主不信跟风耳是个贼，更不相信他跟长工串通好来装神弄鬼，跟他婆娘说：“既然这娃娃能听风，那晚上就让他跟护院的一起巡逻，贼人一有动静，就能有防备。”地主婆看林财主都这么说了，就对跟风耳说：“猴子，白天你还是扫院子，晚上就跟他们巡逻，再发生丢东西的事儿，我就扒了你的皮。”

跟风耳白天扫地，晚上跟着护院们巡逻。两个星期过去了，林财主家相安无事。林财主每天都多给跟风耳一些米饭。看林财主赏饭很大方，跟风耳扫地、巡逻也很卖力，地主婆也不再叫他猴子了。跟风耳想着踏踏实实在林财主家干活，早点赎身，好出去赚钱养活家里人。可是好景不长，跟风耳的愿望就被一场突如其来的横祸给打断了。

为什么呢？原来林财主家的护院队长是地主婆的表弟，他给护院制定了固定的巡逻路线，跟风耳第一天就发现这个方案有漏洞。那天晚上，跟风耳就听到墙皮摩擦的声音。可是队长学着地主婆，张口猴子，闭口毛猴儿，把跟风耳的意见当成耳边风，还嘲笑他装神弄鬼。跟风耳没敢对林财主说。没想到那天晚上，林财主家的金库被人盗窃一空。

第二天一早，林财主发现金库的三千块大洋不见了，一个子儿都没给林财主剩下。地主婆指着跟风耳，大声说：“把那个毛猴子抓起来，他就是贼人。”跟风耳被送到警察局。在阴冷的牢房里，一个高个子犯人听了跟风耳的事，说：“你小子被当成替罪羊了。林财主那个地主婆去年才嫁入林家，嫁到林家后她就把她表弟弄进林家当护院队长，他俩才是贼人呢。”

跟风耳听得云里雾里，问：“地主婆还能偷自家东西？”

高个子犯人说：“地主婆跟她表弟青梅竹马，可是他爹欠了林财主一屁股债，只能把自己的女儿嫁给林财主抵债，活生生把地主婆跟她表弟拆开了。地主婆那个表弟之前就是个混混。十多天前，他家一个护院偷了账房的钱跑了吧？那个家伙就是地主婆她表弟找来的。”高个子指着墙角蹲着的另一个犯人，说，“就他，他就是跑的那个护院。他说后面还有大的。没想到地主婆是真狠啊，一把就把林老头儿给偷光了。”

跟风耳暗自叫苦，使劲儿揪了揪耳朵，都是自己这个破耳朵惹的祸。自己好心把听到的声音告诉地主婆，没想到他们两个人是贼喊捉贼。跟风耳蹲在墙角，想着他妈跟两个姐姐还住在破房子里，眼泪就止不住地流。高个子犯人冷不丁地说：“哭，哭个嘛啊？哭有嘛用？现在地主婆恐怕还在骂林财主买了你这个扫把星呢。”

跟风耳蹲在墙角，一夜睡不着觉。鸡叫的时

候，跟风耳听到一种扑扇扑扇的声音。跟风耳拍打着监牢的铁门。巡逻的警察揉着眼睛，吼道："敲什么敲？"跟风耳说："东南方向，八公里外，有鸽子飞走了。"同监牢的犯人被跟风耳给吵醒了，骂骂咧咧。警察也把跟风耳当成神经病，一棍子捅过来："再胡说八道，小心弄死你！"

第二天下午，警察突然打开牢门，把跟风耳带上一辆小汽车。很快，小汽车拐进了一个院子，院子里面到处都是持枪的军人。跟风耳很是纳闷儿，现在满人街都是穿着粗布衣服的老百姓，有钱人穿西装，可是院子里的军人怎么还留着辫子呢？跟风耳被带到一间书房里，一个穿着西装的人说："在这儿等着，皇上要召见你！"

在同和街的时候，跟风耳就听人说宣统皇帝被一个叫冯玉祥的将军赶出紫禁城了。皇帝在日本人的保护下，到了天津卫。宣统皇帝到底在哪儿住呢？跟风耳瞅了瞅房间，除了两个大书架，就是几把木椅子，哪里像说书人说的那样，皇帝住高大的宫殿啊。天津卫除了租界小洋楼，老百姓的房子都破破烂烂的，那个穿西装的莫不是跟警察勾结的骗子吧？

这时，一个穿着西装的人，头发油光发亮，戴着厚厚的眼镜，手里拄着拐杖进来了。跟风耳朝他浑身上下瞅了瞅，就这人是皇上？跟风耳在同和街茶馆听说书人说，皇上都穿龙袍，龙眼炯炯有神，哪有皇上穿着西装的？还是个和瞎子差不多的近视眼？跟风耳再次在心里确定刚才那个穿西装的人是个骗子。

那个穿西装的人进来后一屁股坐在楠木班椅上，跷着二郎腿，问："昨晚上你听到鸽子飞了？"

跟风耳一看，都是个嘛玩意儿，还皇上呢，跷着个二郎腿，哪有一点儿皇上的威严啊，看上去跟公子哥儿一样，还装腔作势，糊弄谁呢？跟风耳理直气壮地说："听到了，是你家鸽子？"那人没有接话茬儿，又瞅了瞅跟风耳硕大的耳朵，问："你在牢里能听到几公里外鸽子扑腾翅膀的声音？"跟风耳很不喜欢眼前这个人，反问："你是谁啊？"

那人指着窗外不远处的大门："那儿有一块牌子，上面写着，清宫驻津办事处。用以前的老话儿讲，这里现在就是朕的行宫。"跟风耳还是将信将疑："行宫？你真是皇上？"那人脸上笑了，问："朕看上去不像皇上吗？"跟风耳瞅了瞅："没觉着。当兵的大辫子，皇上大背头，穿西装，搞得有点儿四不像。”

那人正要发作，突然，跟风耳伸出食指，在嘴边做出别出声的动作，静心在听什么。在紫禁城，皇上都是一堆宫女太监伺候着，到了天津卫，皇上的架子一点儿没少，从来没人敢让自己闭嘴。没想到眼前这个瘦得皮包骨的人，对自己一点儿都不怕。听了一阵子，跟风耳说：“张作霖被炸死了。”那人惊呆了，问：“你听到的？”

跟风耳指着远处：“有人说收到什么电报。”

跟风耳随即被带到一个阁楼，里面有一个铁皮盒子，上面有很多按钮，还有亮着的小灯一闪一闪。旁边的人说：“这个是电台，只要有人发电报，就会有电波声。”跟风耳从来没见过这东西，也没听过。旁边的人按了几下铁皮盒子上的按钮，抓起一个听筒，听了听，交给跟风耳。跟风耳听到有吱吱声，旁边的人就把跟风耳听到的声音长短记录下来。

跟风耳看着旁边人的记录，看不懂到底是什么。那人每按动一下，都会让跟风耳听。就这样一天又一天，有时候，旁边的人很兴奋，有时候又很

听了一阵子，跟风耳说：
「张作霖被炸死了。」

沮丧。有时候，有人给跟风耳送来牛肉、面包等美味，有时候只有馒头面条，有两次还送来残羹剩饭。送饭的人说是皇上赏赐的。无论送什么吃的，跟风耳都吃得很香，是在同和街永远都尝不到的美味。

就这样，跟风耳在小屋子里没日没夜地听着，直到有一天，跟风耳隐约听到旁边一个人说，听到一个抗日组织的电台。他们很兴奋，要给日本人通报。“要给日本人通报，看他们还很兴奋，这是什么意思？”跟风耳整天被关在小屋子里，外面发生了嘛事儿也不知道，但一听到“日本人”几个字，心里就会恨恨的，就想起小时候在茶馆听人说书，说日本人逼着一个叫袁大头的人出卖中国地盘儿，难道那个皇上要跟日本人勾结？

茶馆里的说书人一直都说皇上是天下最有权的人，怎么会跟日本人勾结？跟风耳有时站在窗前看着院子里进进出出的人，有的人穿着军装，有的人穿着马褂，还有的人穿着西装。宣统皇帝经常穿着西装，坐着小汽车进出，这哪像皇宫啊。难道自己被那个油光锃亮的年轻人骗了？跟风耳每天站在窗前，都要琢磨那个自称是皇上的年轻人，提醒自己不能当坏人。

那小屋子里的监督每天都让跟风耳不停地听电波。跟风耳听得很认真，可是让监督高兴的信息越来越少。监督经常冲着跟风耳发脾气：“你这听得都是个嘛，哪有这样的频率？”跟风耳不懂频率，听他们说得多了，才搞明白就是发电报的一种专用通道，秘密电报经常更换频率。跟风耳听的都是那种常人听不到的电波，自从听到他们要把抗日组织的信息告诉日本人，跟风耳就经常乱说，让他们搞不到真实的信息。

有一天，跟风耳听到有人哭成一团，监督就很不耐烦：“让你听电波，你听人哭个嘛？”跟风耳来了一句：“院子里的老爷死了。”监督吓坏了，说：“你不要命了？这个院子里住着皇上，你这是在诅咒皇上死？”跟风耳说：“他们家还要收皇上的租子。”监督狠狠地说：“你小子有病吧？皇上能住他家的院子，就是他们家天大的福分，还收个啥租子？”

又过了一阵子，听到有人在跟皇上说要收房租，每个月七百块大洋。皇上很生气，把收租子的人轰了出去。没过多久，跟风耳就在窗前看到很多进进出出的人，他们在搬家。到处都是乱哄哄的，跟风耳便趁乱摸到了园子里的狗洞边，钻了出去。

到了大街上，跟风耳才知道日本人把一个叫张作霖的大帅给炸死后，不断在东北搞事，还向天津卫派了很多特务，要把皇上弄到东北去。跟风耳心里一直有个秘密，是他下决心跑的主要原因：有一天他听到宣统皇帝见了一个名字叫东珍的人，东珍让宣统皇帝回东北，日本人会帮助宣统皇帝组建“满洲国”，条件是把南方割给日本人管理。

跟风耳逃离那院子后，得知宣统皇帝在日本人的帮助下悄悄溜走了，后来去了东北，建立了伪满洲国，成了日本人的傀儡。多年以后，跟风耳才知道那个叫东珍的是个女人，是个王爷的女儿，有一个日本名字叫川岛芳子。日本人投降后，那个叫东珍的女人在北京城被枪毙了。

跟风耳满大街流浪，几次想回同和街，却又担心被他妈赶走，没有吃的就沿街乞讨。跟风耳在大街上经常会遇到陌生人跟踪，一次又一次避开了险情。他还听到有人要抓他，但是他都能提前藏起来。

跟风耳在天津卫的大街小巷流浪了几个月，靠给人打零工谋生。有一次，跟风耳好心提醒一个码头老板，说有人想要他的命，让他躲一躲，却被老板一顿毒打。当天晚上，那老板就死在码头上了。其实，每次跟风耳都能提前听到很多信息，只是没有人当回事儿，出事了又会破口大骂他乌鸦嘴。跟风耳终于在天津卫消失了……

很多年后，有路过同和街的人说，在山西看到过跟风耳，穿着一身军装，专门负责监听敌人的秘密电台。

又过了很多年以后，已上了年纪的跟风耳离开了部队，回到了同和街。他妈带着两个姐姐早已不知所踪，他把已经长满野草的家重新翻修。只要天气晴朗，跟风耳就会在歪脖子槐树下闭目养神，与小顽童们讲他经历过的许多往事，包括那个戴着眼镜的皇上。

鬼头教授

天津卫同和街不远处有一所大学，每个月都有北洋的军人来发工资，教授们会按时在操场上等着。一个军官托着盘子，这盘子里面有一个鼓鼓的红色的袋子，里面装满了大洋。军官走到一个教授身边，双手将钱袋子举过头顶，恭恭敬敬地让教授们拿走，再继续走向下一个人。

学校有一个叫卫无害的教授从来不去操场领工资，每次都是军官先到他办公室去发。卫无害为嘛这么大架子？他可是清政府保送出去的留学生，毕业于美国耶鲁大学法学院。卫无害已经很多年没有给学生上课了，只有极少几个胆子大的学生偶尔请他讲一下难题。卫无害年龄八十开外，身上散发着耄耋老人凄凉的气息。

学生们怕见卫无害，私底下都叫他鬼头教授。卫无害脸上布满皱纹，每一条皱纹就像一条深不见底的大裂谷，无数条皱纹横七竖八雕刻在脸上，活像一张渔网。鬼头教授的眼睛里布满血丝，看人的时候就如同一团怒火射向你。他的眉心发白，印堂发黑，一看就让人心里哆嗦，很恐怖。

鬼头教授刚到大学的时候，北京城的皇帝已被赶下台了。那个时候，鬼头教授剪掉辫子，一身西装，十分洋气，已经快六十了，但看上去还是很帅。上课的时候女学生都坐到教室最前面。有这么一天，鬼头教授正在给学生们上课，只见一个警察拿着一截门栓推进门来要找鬼头教授，说有一桩入室盗窃案，除了这门栓上有刀痕，什么线索都没有，破不了案。学生们只听说过鬼头教授很厉害，可从没见过他的真能耐，就起哄让鬼头教授帮帮警察探案。

只见警察把一个报案的妇人带到鬼头教授面前。妇人穿得很华丽，一看就是一位贵妇太太。这妇人说她在外面看夜场戏后回家，发现门被打开了，就去拉灯，发现灯不亮，电灯泡没了。接着她就蹲在地上摸电灯泡，还摸着了。她安装好电灯泡，发现家里被人翻得乱七八糟。还说她放在柜子里的一百多块大洋不见了。这妇人一口咬定是贼人

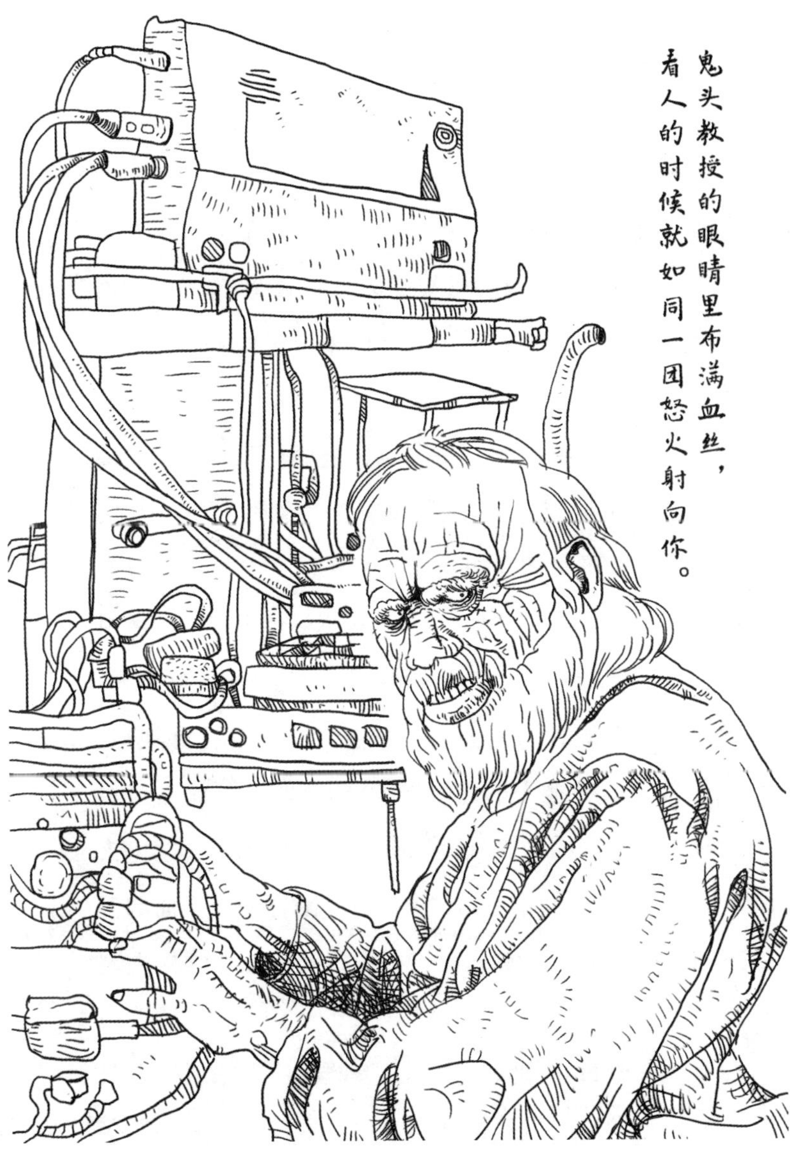
鬼头教授的眼睛里布满血丝，
看人的时候就如同一团怒火射向你。

入室偷窃。鬼头教授看了看门栓，又看了看妇人，对警察说：“她才是贼人。”

妇人一听就急了，指着鬼头教授破口大骂：“你看你是个嘛玩意儿，一副鬼头鬼脑的样子，也不照照镜子看看你自己，还大学教授，没能耐就不要乱说。”警察也被鬼头教授的话给搞糊涂了，问：“教授，这妇人是来报案的，她咋就成了贼人啊？”妇人一看警察都不信，就更来劲了，指着鬼头教授开骂：“没能耐就不要误人子弟，蠢驴！”

鬼头教授不生气，问妇人：“你发现灯泡没了，怎么就知道灯泡在地上？”

妇人辩解说：“灯不亮，我不到地上找，到哪里去找？”

鬼头教授对警察说：“她蹲在地上摸，说明是她自己放在地上的，她报案就是假的。”妇人还要狡辩，旁边的警察吼了一嗓子，道：“闭嘴！”鬼头教授说：“你们拿着门栓去她家，对比一下上面的刀痕，按照刀痕，贼人能进门，我就从这教学楼上跳下去。”

警察带着妇人去现场，按照门栓上的刀痕方向拨，却发现门栓越拨越紧了，根本打不开门。警察这才明白鬼头教授说的话，问：“没事儿你报嘛假案？”妇人还想狡辩，警察指着门栓说：“刀痕都是反的，明明就是后来做的。”妇人后来承认，是她自己把家里钱偷偷给娘家人了，怕老公打她，才伪造了入室偷窃的现场，报了假案。

鬼头教授就因为这案子一下子成了学生们心中的大神，是神一般的存在。

没过多久，警局竟又遇到一桩枪杀案：一洋行经理孙有才，在办公室里被人用枪打爆了头死了。地上到处都是散落的文件，现场还有一片乱七八糟的脚印，装大洋的保险柜被撬开了，里面一个铜子儿都没有。警方便怀疑这是入室抢劫，可是孙有才办公室的门完好无损，警察调查了好几个月，硬是一点儿线索都没有。

孙有才的老板是日本人，怀疑是隔壁英国洋行经理王贵打死了孙有才。俩洋行的老板一直闹，闹到了领事馆，给租界警局施压，不破案就要把局长赶回老家，破了就给一百万大洋。局长为了不被革职，特地来请鬼头教授帮忙。鬼头教授到现场勘查了一番，摇了摇头，道：“这案子不用查了，是自杀！”

警察局长吓了一跳，问："你说的是嘛啊？凭嘛说他是自杀的，嗯？"

鬼头教授看局长一脸的不信任，很不爽，大声说："他是自杀的。"

旁边围观的群众七嘴八舌，说美国人的大学不灵，教出来的学生就是个笑话，保险柜被撬开了，文件乱七八糟，人都被打死了，还说是自杀？有人说，就这么个玩意儿，督军还亲自给他发薪水呢。局长急了："教授，这个案子都闹到领事馆了，日本人、英国人，咱们都惹不起。这个孙有才食指都没了，咋个扣动扳机？你说他是自杀，哪个信啊？"

只见鬼头教授指着对面的一幢二层小洋楼说："你们去那边，所有的证据都在楼顶。"

局长带着一帮人，在对面的楼上发现了一把手枪，还有一面镜子，以及引线的痕迹。局长比对了手枪和孙有才死亡现场的弹壳，就判断是同一支枪射出的。局长对周围的警察说，孙有才用引线拴住手枪的扳机，通过镜子收光聚热，点燃引线，扣动扳机，自杀了。可局长心里还是有很多疑问，问鬼头教授："为嘛你没去对面，就判断是自杀？"

鬼头教授指着门，道："门没有任何破损，地上看上去是乱糟糟，可是门口没有脚印，保险柜里一个铜子儿都没有，可是撬保险柜的痕迹乱七八糟，说明是个力气不大的人撬动的。如果是入室抢劫的人，匆匆忙忙撬保险柜会如此干净利索吗？”鬼头教授走到窗前，接着说：“楼下人来人往，贼不可能从窗户爬上来，还得爬那么高。所以，所谓的入室抢劫杀人是不存在的。”

局长还是搞不明白，便问鬼头教授：“孙有才为嘛要自杀？”

鬼头教授指着保险柜，冷冷地答道：“这个你就得问它了。”

众人望着空荡荡的保险柜，没有看出所以然。鬼头教授转身指着梳着大背头，油头粉面，戴着金丝眼镜，看上去就一脸精明相的英国洋行经理王贵，说：“王经理，你跟局长说说，钱都去哪儿了。”王贵扭着脖子，很不高兴，说：“他的钱去哪儿了，我怎么知道嘛？”

鬼头教授说：“你们去对面楼上的时候，我去了一趟英国人的洋行。王贵在洋行后面开设赌场，听小伙计说，孙有才是赌场的常客，他挪用了日本人很多大洋搞赌。”鬼头教授上前抓起孙有才冰冷的右手，冲着王贵说："孙有才欠的赌债太多，还被王贵剁掉了食指，孙有才担心被日本人发现，怕家人受到日本人和王贵报复，就来了个一石二鸟的自杀。"

旁边的人都云里雾里，局长算是听明白了："孙有才把保险柜里的钱交给家人，让家人远走高飞了。自己这么一自杀，伪造成入室抢劫杀人，警察第一个就会怀疑是剁掉他手指的王贵，日本人被蒙在鼓里，自然也不会因为钱被挪用了而去追查他的家人。"在证据面前，真相终于大白。日本人见大洋找不回来，气得哇哇叫。警察把王贵抓了，理由是故意伤害他人。众人望着鬼头教授竖起大拇指。

早些年，鬼头教授有一次为了证明死者是自杀，亲自做实验，没想到火烧坏了他的老脸，经过租界洋人医生的抢救，他才捡回一条命。可是脸上的皮肤从此就成现在这样了，一道道的深沟，黑乎乎的。从此，鬼头教授整天坐在办公室，每个月督军来发薪水也不出来，连警察都很少来找他破案了。

之后，鬼头教授到离东城区一百里开外的农村买了一块地，盖了幢五百多平方米的大房子，还在旁边的空地上开了个菜园子，雇了五个女用人专门种菜和打扫房子。这鬼头教授除了喜欢破案，脑瓜子里的生意经其实也不少。他买这块地的时候，就想好了赚钱的法子，因这附近没有菜市场，他的菜园子里有温室大棚，一年四季都有菜卖。他还搞了个养殖场，养的猪啊牛啊竟然还赚了不少大洋。

几年后，有一天，警察局又接到了报案，说郊区发生了一起杀人案。局长就带着几个警察，开车跑了一百多里，到了案发地点。只见菜园子里的菜全蔫了，院子里阴森森的，散发着一股恶臭。

局长鼓起勇气，一脚踢开门。里面一片漆黑，一束强光打进去，隐隐约约看见一具尸体。警察封锁了院子，在五个房间，一共发现五具女尸。她们的手都被反捆着，衣衫不整，面目狰狞，尸体上还有很多被刀捅的窟窿，血都凝固了……

局长走进最里面的屋子，发现鬼头教授的尸体躺在地板上，额头有一道撞击的伤口，脖子有重重的勒痕，身上有几个窟窿。他的房间被翻得乱七八糟，地上有很多不同的脚印。局长还发现五个用人的房间里，却只有一种脚印。

到底谁是凶手呢？

局长可是听过鬼头教授的故事的，这鬼头教授帮助警察破过案，是谁会把用人跟鬼头教授一起杀了呢？局长带着一帮警察清理现场，在鬼头教授的卧室、书房，没有发现一个铜子儿，用人身上也没有。警察们走访了附近的老百姓，一点儿线索都没有。督军听说鬼头教授被杀了，命令局长一个月内抓住凶手，不然拿局长是问。

按照鬼头教授之前破案的方法，局长重新进行了现场调查，院子里外，到处都是不同的脚印，屋子里的人全死了，这不是自杀啊。难道是他杀？天津卫的警察局发出通缉令，方圆几公里的老百姓都拉出来询问案情，还是没有任何突破。

有一天，警察在鬼头教授生前的办公室里找到了一封信，送到警察局。局长打开一看，只见鬼头教授写道："你们别查了，这是我留给你们的最后一个案子，你们看到的现场啊，都是俺干的。这几个用人三番五次殴打我，逼我交出大洋。昨天，她们差点勒死我。我给她们吃了安眠药，趁她们睡着了，反捆了她们的手，用刀捅死了她们。还在院子里伪造出多人入室抢劫杀人的现场，其实那些脚印是我故意用多双新鞋踩出来的。"

鬼头教授在遗书中还说，自从自己的脸被烧坏后，他一直生活在痛苦中，人不人，鬼不鬼。以为搬到郊区，可以与世隔绝，没想到却遇到这几个贪婪的用人……

原来他杀了用人后自杀了。

鬼头教授还说，他把所有钱财捐给学校，希望大学里能跟警察局联合建立一个侦查专业，培养更多的专业警察，让真凶被绳之以法，让枉死的人得到昭雪。

多年以后，同和街还有鬼头教授的传说。

钱驼背

不久前，天津卫同和街来了一个人，走在大街上，无论是大小姐，还是丫鬟老妈子，都得多看他几眼。因为他长得很俊吧，也不是。他这长相，真是没法用什么词来形容。这人原名叫钱五豆，张家庄人。此人刚来没多少时日，就侦破了一桩又一桩的奇案，从而引起了轰动。

钱五豆这个人哪，天生就是一个大驼背。驼到嘛程度呢？这么给您说吧，平常，咱们见到的普通人，头顶只能向前伸一只手掌那么长，他这个大驼背倒是把他的头向前伸了三尺长。三尺是嘛概念？就是身高一米小孩儿那么长，够长的吧！所以可想而知，这钱五豆的背得有多驼啊。

他在这大街上让人过目不忘的还不是他的驼背，而是他那张阴森恐怖的脸。他的眉毛稀稀拉拉的，就像几根枯草竖在他眼睛上，俩眼珠子鼓鼓囊囊，就像两个悬挂在脸上的鹌鹑蛋。这不，蒜头鼻子下，还有两颗黑葡萄般大的痣，让人看得浑身发毛。他的样子实在太丑了，没人记住他的名字，都叫他钱驼背。

钱驼背喜欢在大街上溜达。有一天，他遇到俩人在街上吵架。其中一个胖子叫王武，一个瘦子叫王二流子。俩人拽着一个烟斗吵了半天，都说烟斗是他们祖上留下来的，已经有一百多年了。钱驼背凑近去看热闹，足有两尺长的烟杆儿连接着一个紫红色的纯铜烟斗，烟嘴镶嵌着金边儿，确是有年头的古董。他的眼珠子滴溜一转，点子马上就来了。

钱驼背突然笑盈盈地上前对俩人说："来，啥话也不用说了，俺看你们吵了半天，挺累的吧，先吸两斗烟，平静平静心情。"这俩人瞅了瞅钱驼背，被他的长相给吓了一跳，他们从没见过眼珠子挂在脸上的人。俩人很不耐烦地说："滚一边儿去，这里没你事儿。"这俩人饿烟饿半天了，还真就先抽袋烟再说了。

王武先抽，可兴奋了，抽完了就把烟杆使劲往石头上磕烟灰，把烟嘴外面镶的金边都磕了一个小坑，不管谁看都怪心疼的。王二流子接着抽，抽完，就将烟斗拿在左手上轻轻地将烟灰抖出来。

王武见王二流子抽完烟就要拿着烟斗走人，就一把拽住王二流子道：“好你个二流子，抽完烟就想把烟斗拿走。”

还没等王二流子开口，钱驼背就拍了拍王武的手臂：“好了，不用争了。王武，赔钱吧。”

王武瞪了钱驼背一眼，骂道：“你谁呀你，俺的烟斗俺赔嘛钱啊？”

钱驼背乐呵呵地说：“小伙子，你恐怕忘了这是百年老烟斗了，你看看那金边儿，按照你这么抽烟，烟斗早就坏得没边儿了。你不爱惜古董啊，把人家金边儿给磕坏了，赔钱吧你。”

钱驼背这智断烟斗的精彩场面被路过的租界里的一位鼎鼎有名的大探长巫云飞看到了。他在人群中多看了钱驼背一眼，竟然引出了这钱驼背侦破轰动天津卫的一桩大案，新奇吧？

当年天津卫，住着英国人、日本人、法国人、德国人，加一块儿就是一大堆，整个租界就变成了他们的势力范围，想干吗就干吗。租界里有富人，也有不少穷人在里面讨生活。有一天，德租界里有人搞彩票活动，中奖了可以奖励一辆形状像甲壳虫的小汽车。这可是德国人最新款的汽车，就叫甲壳虫，当时这都算稀罕玩意儿了。

彩票听上去是洋人用来玩乐的玩意儿，其实在中国都已经流行两千多年了。大诗人李白写过一首诗：“六博争雄好彩来，金盘一掷万人开。”唐朝的彩票一开奖那就是万人空巷啊，所以彩票这玩意儿在中国人这里并不稀奇。这次洋人下血本了，只要一块银元就有机会中奖一辆甲壳虫。消息一出，整个天津卫的人全都疯了，纷纷涌入德租界去买彩票。却没想到，出大事儿了。

买彩票的场面人山人海。有提鸟笼架的老爷，也有裹小脚的太太，有挑着箩筐卖菜的大娘，还有端着破碗的乞丐。大家都想着能用一块银元中一辆小汽车。当彩票活动进行到第五天中午，有一个小伙子爬到彩票销售大楼最高的广告牌上，说要跳下来自杀。这一下子就引起了众人的围观。这小伙子要自杀干吗啊？

有人好奇地喊着：“你自杀干吗啊？下来买彩票，说不定就中一辆小汽车……”但这小伙子还是哇哇地哭，边哭边辩解：“俺就是个乞丐，靠乞讨得到一块大洋。俺买了彩票，中了奖，他们说俺中奖的彩票是伪造的，就把俺的彩票作废了。巡捕房的警察还要抓俺坐三年牢哩……”

一个红头发蓝眼睛的洋人很不屑地说：“骗子就应该抓去坐牢！”

旁边围观的人看洋人没有一点同情心，都谴责说：“这个红毛鬼还是不是人啦？跳下来可就要出人命的。”

红头发洋人听人叫他红毛鬼却看上去一点都不生气，反而似笑非笑地说：“彩票靠的是运气，伪造彩票跟抢劫没啥区别，不抓去坐牢，岂不是乱套了？”

围观的人愤愤不平，质问这个洋人：“你无凭无据，凭什么说他伪造了彩票？”

红头发洋人正要说话，租界警察局的探长巫云飞就带着一帮警察来了：“在租界跳楼，找事儿啊？”

楼顶上的小伙子还在不停地号叫：“俺没有伪造彩票，俺没有伪造彩票！是这一帮老洋人诬陷俺！俺太冤了！”

巫探长抬头一看，吓了一跳，喊道：“有事儿咱们下来说，别拿自己的生命开玩笑啊！”

小伙子哭着大声说：“我是个乞丐，好不容易讨到一块大洋，买了彩票中了奖，不给小汽车不说，还要抓我坐牢……”

探长巫云飞很快弄明白了，只要一块大洋，就能买到一张彩票，刮开彩票，如果上面出现梅花 K 的图案，就中了一等奖，不仅可以获得十块大洋，还能进行第二轮抽奖。第二轮抽奖是在装有标着“1”“3”“6”“9”标记的四个信封里抽一个，只有其中一个信封有机会中德国最新款的甲壳虫小汽车一辆。而且还得知每一次信封的封存和开奖，都是由租界的一个机构在监督。

那个要跳楼的乞丐叫刘良，是刘家庄人，从小爹妈就死了，一直在租界乞讨。他听说一块大洋只要中了梅花 K，除了有机会抽奖中小汽车，还能拿到十块大洋的奖金。他就拿着乞讨来的一块大洋买了一张彩票，没想到真中了梅花 K，抽奖的时候抽中了 6 号信封，租界监督的人打开一看，当众宣布刘良抽中甲壳虫小汽车一辆，第二天上午在彩票现场领奖。

刘良当场被彩票现场的工作人员戴上大红花，由两个穿得花枝招展的女人引领着，在租界转悠了好几圈儿。那个时候只有军阀大老爷才买得起小汽车，一个乞丐花一块大洋买彩票就中了一辆小汽车，整个租界都轰动了。第二天，刘良高高兴兴来领小汽车，没想到彩票发行方却扬言要让警察来抓他去坐牢，当时他就被这一出搞得吓了一跳，哇哇地大哭起来。发行方还在一旁添油加醋地威胁他，随后他就跑到了楼顶要跳楼申冤。

彩票发行方的头儿叫鲍尔，就是刚才威胁刘良的那个红头发洋人，是个德国人。见警察是黄皮肤的中国人，鲍尔傲慢地对巫探长说，刘良把梅花2涂改成梅花K，是假彩票，那是诈骗，中奖的小汽车不算数。他还骂骂咧咧，说中国骗子太多，还恬不知耻地叫嚷："彩票的信誉就是我们的生命，以德国的信誉担保，这个中国人是个无赖，把这骗子抓起来！"

刘良在高楼上大喊："俺没作假，冤枉啊……"

人群中开始议论："一个乞丐，怎么作假？德国人实在是欺人太甚！"

探长巫云飞一头雾水，到底谁说的是真的，谁说的是假的？一边是嚣张的德国人，一边是中国同胞。巫云飞想起了钱驼背，便亲自去把钱驼背请来现场。

鲍尔从德国到中国，一路上见过成千上万的

人，就没有见过这么丑的人，见第一眼的时候被钱驼背的两个眼珠子吓了一跳。钱驼背以为鲍尔听不懂中文，用天津方言骂了一句：“狗食！”没想到鲍尔来天津卫已经好几年，也是学了一些天津话的，他一听就知道钱驼背没说什么好话，回了一句天津方言：“顺样儿！”

钱驼背没有继续跟鲍尔计较，开门见山，问：“听说这个刘良是第四个中小汽车的，前面几个都是谁啊？”

鲍尔把彩票的账本交给巫云飞。钱驼背翻着账本，对巫探长说：“把另外仨给找来。”

巫探长的手下很快就带着一个村妇来到现场。这村妇一身粗布衣裳，肩膀上还有两块补丁，脚上的布鞋都能看到脚指头。钱驼背围着村妇转了两圈儿，旁边的一个警察不耐烦道：“嘿，瞅个嘛玩意儿？”

钱驼背冲着警察挺了挺驼背，问村妇：“你就是杨翠莲吗？”

杨翠莲看到钱驼背身后那么一大堆的警察，还有红鼻子蓝眼睛的一大堆的洋人，她哪儿见过这场面啊，两腿早就发抖了，说话的声音都变了。她战战兢兢地回答："是的，俺就是杨翠莲。"

钱驼背继续问她："你两天前来过这儿？"

杨翠莲点了点头。

那个鲍尔却在旁边似笑非笑，用很溜的天津话嘲笑钱驼背："充大尾巴鹰！"

钱驼背理都懒得理，接着问杨翠莲："怎么知道这里在卖彩票？"

杨翠莲前几天见过旁边这个红头发的洋人，见他在旁边嘲笑钱驼背，胆子便大了一些，挺了挺胸，说："别说我们村儿，整个天津卫都知道这租界买彩票可以抽大奖。"

钱驼背看到杨翠莲说话前眼神的变化，心里顿时明白了几分，故作不知，继续问："如果你的一块大洋没有买到可以抽大奖的彩票，你不是竹篮打水一场空吗？"

鲍尔在旁边冲着杨翠莲一个劲儿地暗示，旁边的警察呵斥道："你瞟人家干什么？"

杨翠莲得到暗示，说："从村里出来，遇到一个算命先生，他说我有意外之财。"

一个警察在钱驼背耳边嘀咕了两句，钱驼背脸一沉，大声问："杨翠莲，你家穷得叮当响，吃了上顿没下顿，有人告你买彩票的大洋是偷的。”钱驼背说完，决定再吓唬一下杨翠莲，对巫探长说，“这是个贼，抓她坐牢吧。”

杨翠莲一听这话就慌了，吓得扑通一下跪在地上，哀求道：“大老爷，饶命啊！我不是贼，大洋是表妹秋菊给的。她带我来买彩票的，其他的我都不知道啊。”

钱驼背对旁边的巫云飞道：“巫探长，派人把秋菊带来。”

警察很快就从 家舞厅把秋菊带来了。这女人穿得花枝招展，身上一股浓浓的香水味，一看就是个舞女。钱驼背不想再给鲍尔在旁边暗示的机会，上来就连唬带吓地问秋菊：“你为嘛和刘良一起伪造假彩票？诈骗那是要坐牢的。”

秋菊看到钱驼背的脸，心里一阵毛骨悚然，不过她在舞厅混了多年，红鼻子洋人、地痞流氓、乞丐小混混，什么样的人都见过，哪能被钱驼背的两句话给唬住了，就很不高兴地说：“刘良？那是个嘛玩意儿？你脑袋有病？”

警察一听这女人骂人，即用警棍捅了她一下：“老实点！”

钱驼背也不生气，继续问："那你跟杨翠莲伪造假彩票，中奖的小汽车呢？"

秋菊看鲍尔在旁边咳嗽暗示，便一口咬定："我们没有造假彩票啊，小汽车已经卖给一个外国佬了。"

钱驼背追问："钱呢？"

秋菊说："在家里。"

一个警察急匆匆地跑来，在钱驼背耳朵边小声嘀咕一番。

钱驼背冲着众人说："她是个骗子，把她抓起来！"

秋菊抵赖着："我不是骗子，凭啥抓俺？"

钱驼背说："刚才警察去你家了，没见一块大洋。满嘴谎话，你这是诈骗，要坐牢的。"

秋菊很害怕，扑通一声跪在地上："大老爷饶命，我不是骗子！几天前，这个德国人找到我，让我找个托儿，答应给我十块大洋。我给表姐两块大洋。鲍尔把一张彩票给表姐，刮开中了一等奖，然后鲍尔私下让表姐抽了一个信封，打开一看是9号，当场宣布中了一辆甲壳虫小汽车。"

巫云飞问秋菊说："小汽车呢？"

秋菊浑身发抖，道："鲍尔只给了四块大洋。"

巫探长抡起警棍，钱驼背拦住了，问："还有六块大洋呢？"

这时杨翠莲突然冲到秋菊面前，揪住秋菊的衣领说："好你个秋菊！洋鬼子给你十块大洋，你说给了你四块大洋，让我帮他骗人，我们一人一半儿。原来洋鬼子给了你十块，你才给我两块，你把俺当傻子啊！"

秋菊哭道："表姐啊，俺没有骗你啊！德国佬担心我们在彩票活动期间乱说，说是等活动完了再给我们。"

巫云飞问："另外俩中奖的呢？"

钱驼背心中有数道："都是托儿，不用找了。"

巫探长便问："信封都是由监督人员封存和拆开的，鲍尔为嘛会知道哪个信封可以中小汽车？"

钱驼背说："刚才鲍尔冲着杨翠莲挤眉弄眼，我就发现那家伙不对劲儿。派人抄鲍尔的家，一切就真相大白了！"

巫云飞不敢，钱驼背说："洋人讲法治，他是个诈骗犯！抄！"

这一帮警察跟着巫云飞、钱驼背去抄鲍尔的家，结果啥都没抄着。巫云飞心里很郁闷，担忧

钱驼背把这个装有数字
标记的信封对着灯光，
里面的数字看得清清楚楚。

道："证据没找到，洋人到时候告我们私闯民宅，我们可是吃不了兜着走啊……"

钱驼背在鲍尔家里四处瞅，发现灯光特别亮，说："巫探长，把抽奖的信封给我。"

巫云飞心里七上八下，把信封给了钱驼背。

钱驼背把这个装有数字标记的信封对着灯光，里面的数字看得清清楚楚。

巫云飞恍然大悟。租界监管封存好的信封，从来都是交给鲍尔管理的。鲍尔在百瓦的强光灯下，看得出写小汽车的信封号码，只要记住这个号码，那些真正买到梅花 K 的人抽奖，鲍尔是不会拿出有奖信封的，只有托儿上台，才会拿出来。托儿有鲍尔的暗示，肯定百发百中啊。

但有一点巫云飞没搞明白，轻声问钱驼背："鲍尔都看到了信封里的数字，肯定不会把中小汽车的号码拿出来啊，刘良怎么中奖的？"

钱驼背哈哈大笑："6 和 9 只要颠倒，很容易搞不清楚。鲍尔每天都有个托儿。托儿没抽到鲍尔暗示的数字，刘良抽到了。不信你问鲍尔。"

德国租界的头儿听说了鲍尔通过彩票诈了几千块大洋，便给巫云飞下令，将鲍尔所有靠彩票诈骗的大洋通通没收，人送进大牢。

鲍尔在牢里懊丧至极，只得承认：“自己在灯光下看到的数字以为是9，没想到是6。看到一个乞丐抽走了小汽车，心里不服，就想以诈骗坐牢吓唬刘良。没想到刘良要跳楼，招来了警察，让钱驼背发现了杨翠莲是个托儿，自己倒以诈骗罪坐牢了，唉……”

钱驼背破了这个租界彩票案，把洋人关进了大牢，整个天津卫都轰动了。巫云飞聘请钱驼背为警局顾问，才知道钱驼背原来在清末直隶总督府就当过师爷，专门帮助官员们破案。

钱驼背进入租界警局，后来连续破获了血衣悬案、男婴失踪案等一系列多年未破的大案。这个钱驼背啊，还有一句口头禅，叫：“没有破不了的悬案，只有解不开的心锁。人心才是最大的破案密码。”

大黄眼儿

听说北京天桥来了一位俄国人，此人力大无穷，在天桥摆下擂台，要挑战中国人，说自己力能扛鼎，打遍四十六国无敌手。那俄国人还在报纸上打广告，放出狠话要教训中国人，广告上还配了一张俄国人脚下踩着一个大辫子中国人的图片。

天津卫一个外号叫大黄眼儿的人一看这报纸就气得吹胡子瞪眼睛，破口大骂老毛子欺人太甚，嚷嚷说大清早就亡了，中国人不是东亚病夫。这大黄眼儿扬言要去北京城教训一下俄国人。这个大黄眼儿到底是哪儿人，叫什么名字，没人知道，大伙儿只知道他是个摔跤的惯手。这不，他这架势就在同和街那片地儿摆着呢。

大黄眼儿个头不高，五尺一寸出点头，一身的腱子肉。这一身的腱子肉还得归功于他天天练“抱树”。嘛是抱树啊？说来你们也懂，他家的院子墙角有一棵大树，高八尺六寸，俩人手臂合抱那么粗。那是嘛树？古树？这树嘛也不是，就是个杂种。几个冬天下来，早已冻死了。大黄眼儿就把它砍了下来，天天用双手举这棵死树，练臂力。

这抱树练得时间久了，大黄眼儿便练出了一身突出的腱子肉，用两个字可以形容，就叫“劲道”。为嘛大家叫他大黄眼儿？他的两个眼珠子就跟庙里的怒目金刚一样大，眼睛一鼓，就有一股煞气。他的眼珠子就跟染了金粉一样。他就是呆若木鸡地站着，用那双黄色的眼睛看着你，都觉得瘆人。

大黄眼儿祖上是八旗兵，听说还得到过皇上赏赐的黄马褂。到了大黄眼儿这一辈，就开始坐吃山空了。他天天在家里练功，嚷嚷着要恢复祖上的荣光，其实就是破落贵族死要面子。大黄眼儿练功的时候嗷嗷叫，低沉而又洪亮。邻居经常趴在他家墙头看稀奇。他家人还经常往院子外扔被他练坏了的桌椅家具。

有一天，大黄眼儿写了一块招牌，自封为摔跤王。在同和街一个角落里刚刚放下那块招牌，他就坐下闭目养神了。马上就有看热闹的人涌了过来，都想看看整天在院子里嗷嗷叫的大黄眼儿究竟练成了嘛功夫。却见大黄眼儿突然睁开眼睛，伸出他的食指，对着这一堆人，勾了勾，就想挑战他们。

其中有一个年轻人，二十岁左右，看着挺壮的，七尺二寸出头。这人挺自大，完全不把这个对手放在眼里。他走近大黄眼儿，对他也勾了勾手指，轻蔑地喊道："你的，小矮人儿过来！"看着一身腱子肉的大黄眼儿，人群轰然大笑。这人嘲笑大黄眼儿是破落的八旗子弟，就想看看他是否会露出明显的破绽，自己好一击致胜。

却见大黄眼儿眼皮子都没有抬一下，只是瞄了一下这个挑衅的年轻人，岿然不动地坐在那儿，丝毫没有受那小子的影响，索性又闭目养起神来。

年轻人看大黄眼儿没有露出任何胆怯，就上去准备抱住他，企图给他来个后空翻或者抱摔。可是大黄眼儿还是纹丝不动地坐在那里，就任由他抱。年轻人脸憋得通红，硬是没把大黄眼儿挪动一下。

年轻人不信邪，看着眼前这个比自己矮小的家伙，为嘛就抱不起来呢？他围着大黄眼儿转了一圈，想继续找他的破绽。只见大黄眼儿突然叉住年轻人，把他拽到自己面前，开始对年轻人"死亡凝视"。可这招不管用，年轻人早已练成啥也不怕的脾气了。他使劲地挣扎，却越挣扎，大黄眼儿抓得就越紧。

大黄眼儿的两只手就像两把大钳子，死死地钳住这个对手。年轻人挣不开，便开始用拳头猛击大黄眼儿的肚子。大黄眼儿反手死死地扣住他。年轻人挣脱出一只手，拳头冲着大黄眼儿的胸口呼啸而来，却见电光石火之间，大黄眼儿手腕子一翻，管他个三七二十一，"啪"的一下将年轻人摔倒在地，上去就踩。那脚劲儿，赛过大象，直把年轻人踩得嗷嗷叫。

年轻人捂住肚子，哀号道："别打啦，别打啦，我……不比了！"大黄眼儿收回悬在年轻人肚子上的脚，又闭目养神了。躺在地上的年轻人犹如一摊泥，嘴里还呜呜呜像猪般号叫着。"怎么，服不服俺？"大黄眼儿轻蔑地看着这个不堪一击的对手。

看热闹的人叽叽喳喳议论不停。年轻人捂着肚子，还是不服气地问："你的，为什么会打赢我？"围观的人中，有人觉察出一点门道，便指着年轻人说："他是个日本人。"大黄眼儿家就有八旗兵在大连被日本人给杀了，一听到"日本人"，他那金黄的眼珠子顿时像喷出两团火，说："你太嫩了，去，挑一个能打的来！”

大黄眼儿又坐着闭目养神了。不多一会儿就听到周围一片嘘声。他睁开眼睛一看，面前就好像有一堵墙，挡住了太阳光。大黄眼儿抬头往上看，圆滚滚的大肚皮，遮住了脸。他站起来，发现自己还不到这胖子的脖子高，对方一脸的疙瘩肉，两眼犹如点燃的火箭筒，喷出的火焰怪吓人。大胖子旁边站着刚才那个挨揍的日本人，一脸得意的坏笑。

大胖子上前一步，大黄眼儿就跟个小孩儿一样，整张脸都贴到大胖子的肚子上了。围观的人嘘声一片。大黄眼儿却一点儿也不怵，头向前一撞，对方肥厚的肚皮抖得像层层海浪，把大黄眼儿震得后退了好几步。围观的群众中有人说：“这次大黄眼儿要歇菜了！大家都散了，都散了吧……”

大黄眼儿站定后，仔细瞅了瞅面前犹如一座小山的大胖子。大胖子体重看上去起码有五百斤，比自己平时练的抱树重多了，难道这人就是传说中的日本相扑手？大黄眼儿心里开始犯嘀咕，这个胖子膀大腰圆，自己就是再有两只手也抱不住他啊，更别说摔倒他了。围观的人群中有人担心地说：“大黄眼儿，别打了，你还没有娶老婆，第一天开张就被打残废了，你家就绝后了。”

大胖子瞪着眼睛，脸上的横肉抖得厉害，向前抬起脚，一脚跺下去，地上的青石板就踩裂了。围观的人吓得目瞪口呆，见大胖子伸手就要去抓大黄眼儿，胆小的竟尖叫起来了。大黄眼儿心想如果自己就这么认尿了，以后还怎么在同和街混啊。他不仅没有退缩，反而朝大胖子扬了扬手，说：“胖子，你先来，俺让你一招。”

一个拎着菜篮子的大婶劝着：“黄眼儿，别打了，他一拳下去就会把你脑袋砸烂的。”

大胖子由于刚才被大黄眼儿的挑衅刺激了，一把推开大婶，说：“你的，滚开！”大婶被大胖子一下撂倒在地。围观的群众愤怒地高喊：“打倒小日本儿！”大胖子瞪着眼珠子，鼻孔里喷着粗气，犹如一头暴怒的野猪。围观的人见状纷纷后退了几步，都不敢出声了。

大黄眼儿看到大胖子如此猖狂，大吼一声：“有种的冲俺来，让你满地叫爷爷！”他猛地向大胖子使劲撞去，瞬间感到自己的头被大胖子一口气给吸进了肚皮的大褶子里，然后又被大胖子的肚子一鼓，听到一声怒吼：“你的，找死！”大黄眼儿就被大胖子震出好儿步远。

大黄眼儿刚刚站定，大胖子咣咣两步又走到大黄眼儿跟前，就像拎虫子一般，把还一脸蒙圈儿的大黄眼儿拎了起来。人群中有人喊道：“不许欺负中国人！”大黄眼儿愤怒挣扎，可是大胖子的手就跟压着孙悟空的五指山一样，让他动弹不了。看到围观的中国人抗议，大胖子轻蔑地吼道：“中国人就是东亚病夫，挑战我们日本人，就是在找死！”说着，一下就把大黄眼儿扔出两丈远。

大黄眼儿被结结实实地摔在青石板地上，石板被砸裂了。周围的人纷纷围上去，只见大黄眼儿躺在地上，疼得整个脸都抽歪了。有胆子大的围观者高喊了一声：“打倒小日本儿！”大胖子鼻腔里发出一声长长的轻蔑的嘘声，得意地看着一脸痛苦的大黄眼儿，很是不屑地说：“废物！就这样儿，还敢挑战我大日本的勇士！”说完，他将大黄眼儿拎起来，又一拳将大黄眼儿给打出两丈远。大黄眼儿的鼻子和嘴里都流出血来。那个挨过揍的年轻的日本人上前踹了大黄眼儿一脚，得意地说：“起来呀，十足的东亚病夫！”围观的人可怜大黄眼儿，可没有一个人敢站出来阻止骄横的日本人。

大黄眼儿躺在地上，身子蜷缩着。见那两只像大象般的脚又伸到了自己面前，大黄眼儿抹了抹嘴角的血，迅猛地从大胖子的两腿之间蹿到他身后。大胖子还没有反应过来，大黄眼儿已飞身一跃，跳到了大胖子的肩膀上，双手死死地扣住大胖子的脖子。大胖子用力去掰大黄眼儿的手，可是怎么都掰不开。只见大黄眼儿用练就的抱树招数，双膝顶住大胖子的后背。大胖子想甩开大黄眼儿，可是满身的肥肉，难以转身，怎么也甩不动。

那个年轻的日本人在一旁急着喊道："往后退，在后面的墙上撞死他！"

大胖子的脸色已经被大黄眼儿给勒成紫色了，只能往后墙上撞。大黄眼儿眼见着就要撞上墙，若真撞了，自己也会被大胖子撞成肉饼。就在那一瞬间，大黄眼儿急速跳离了。只听到咣当一声巨响，大胖子自己撞到墙棱上了，痛得他嗷嗷叫……一块三角形的砖头扎进了他肥厚的背部，血流不止……

大黄眼儿抓住机会，从后面抱住了大胖子的一条腿，使劲地往后一拽。已经疼得嗷嗷叫的大胖子哪里还有还手之力，扑通一声被摔了个狗啃泥，圆滚滚的肚皮把整个人搞得像个跷跷板一样。大黄眼儿乘机跳到大胖子已经流血的背上，双手死死地锁住了他的脖子。围观的人群大声吼道：“弄死他！弄死他！”

大胖子突然甩了一下脖子，差点把大黄眼儿甩出去。接着那年轻的日本人又一拳冲大黄眼儿而来。千钧一发之际，大黄眼儿一把拽住那人的手，用力甩到墙上。大胖子想趁机爬起来，大黄眼儿猛地跳起来，又一脚踩到大胖子的伤口上，大胖子疼得嗷嗷求饶……

围观的人群开始鼓掌，高喊着：“日本人滚出天津卫！”

大黄眼儿望着两个日本人狼狈地离开，很久，他才缓过劲儿来。大黄眼儿打跑日本人的消息传遍了同和街，大长了中国人的志气。偶尔有几个小混混想挑战大黄眼儿，大黄眼儿知道他们都是想借着挑战自己出名，不愿意跟他们计较，教训一下就让他们自己滚蛋。

有了这段经历，大黄眼儿更加努力练身、练拳、练抱树了。直到有一天他在报纸上看到俄国人把中国人踩在脚下的广告，大黄眼儿就毫不犹豫地决定离开同和街，到北京找俄国人比试去了。

大胖子背上血流不止，
大黄眼儿双手紧紧地
锁住大胖子的脖子。

那个张狂的俄国人叫康泰尔，吹嘘自己曾经打遍四十六个国家无敌手，他胸前还挂着十一块金牌。那天，大黄眼儿挤进人山人海的天桥擂台现场，只见擂台上一个身高两米多，膀大腰圆的白人，高鼻子蓝眼睛，两个眼珠子凹陷进去，比同和街那个日本大胖子还壮实。

康泰尔在擂台上往那儿一站，指着旁边一幅巨大的广告，画面上康泰尔踩着一个大辫子中国人，叽里呱啦一阵嗷嗷叫后，翻译说："俄国人说了，中国人都是胆小鬼。"俄国人陷进去的眼珠子看人本来就让人摸不着头脑，而他那轻蔑的眼神，嚣张的样子，更让围观的人很不舒服。大家对康泰尔指指点点，议论纷纷："这个俄国老毛子太嚣张了，简直欺人太甚！"

大黄眼儿站在人群中，看着台上不可一世的康泰尔，听着周围人的议论，才弄明白，康泰尔自己吹嘘说把全球的高手都打了一圈儿，想到北京城来个完美的收官。你收官就收官吧，干吗整那么大的阵仗！大清都亡了好多年了，皇上都被革命军赶出了紫禁城，你一个俄国人还在报纸上发挑衅广告，把一个大辫子中国人踩在脚下，实在是太过分了。

围观的群众才不管三七二十，开始往台上扔臭鸡蛋。康泰尔也不理会围观群众的恼怒，还是叽里呱啦一阵鸟语。翻译说："俄国人说了，中国人是东亚病夫，上来挑战的人要是能挡住他一拳或者是一脚，就给他五十块他们那儿的钱，卢布。你们知道啥叫卢布不？没听过不要紧，反正就是给你们钱。"

康泰尔还没有等翻译说完，抓起旁边的一根粗大的铁棍，重重地敲击旁边的水缸。水缸碎了一地。围观的人顿时安静了。又见康泰尔握住铁棍的两头，大吼一声，用力一掰，铁棍就弯了。大家又都惊呆了：这个俄国人真是神啊，惹不得，惹不得啊。

翻译又说："俄国人说了，如果有人把他打赢了，就给对方一块他脖子上戴的金牌。那可是纯金的，可值钱了。如果赢两局就给俩。"有年轻的小伙子想试试，心想着从俄国人那里赢一块金牌。翻译马上又说了："俄国人立了生死状，说他打死人不赔钱，想要送死的，尽管上台来打。"翻译刚说完，康泰尔一巴掌下去，硕大的一个铁球变成了铁饼。围观的人一下都愣住了，没人敢出声。

看到康泰尔把铁球一巴掌给拍成了铁饼，挤在人群中的大黄眼儿心里也发毛，若自己上去也可能会被一巴掌给拍成肉饼。他一直看着，没有轻易上去挑战。

康泰尔打擂的第一天，围观的人还挺多的，黑压压的一大片，却没人敢上去。第二天、第三天还是没有人上。一连几天过去了，围观的人不耐烦了，有人挖苦道：“你这擂台摆着有个屁用，都没人敢来……”

就在这时，听到有人大吼一声：“俄国人别猖狂！”

众人回头一看，一个虎背熊腰的壮汉就要上台跟康泰尔一决高下。现场的警察认定康泰尔的擂台会有生命危险，想阻止这个壮汉上去。

康泰尔一听就火了，已经等了五天了，现在机会来了，岂可失去？他气势汹汹地冲着翻译嚷嚷……翻译即对那壮汉说：“俄国人让你上场。”围观的人都给这壮汉呐喊助威。几个回合下来，这壮汉已不是俄国人的对手。当壮汉作揖喘气时，康泰尔冷不丁地上去就是一拳，把他直接给打出了擂台，重重地摔在草地上。

警察围过去，发现那人已口吐鲜血，一探鼻

孔，已没气儿了。围观的人怒了，这俄国老毛子还真杀人啊。警察冲上去想逮捕康泰尔，康泰尔却一句话不说，傲慢地指着旁边的牌子。牌子上写着“生死有命”四个字，下面有几行小字，标明了打擂台的生死状，只要上台应战，死伤自己负责。

康泰尔走到那人的尸体旁，报馆的记者围过去拍照。康泰尔没有向死者致敬，而是一脚踩在尸体上，一副居高临下的样子，一通叽里呱啦的自言自语。翻译只得向记者解释：“俄国人说了，他打死了中国人，谁还敢再来挑战？打死你不赔钱啊。”

一直围观着的大黄眼儿愤怒了，只见他朝天吼了一声：“杀人，你小子好啊！俺现在就要端了你这个鳖孙儿！”大黄眼儿说着就朝擂台上跳去，警察上前阻拦，大黄眼儿一把扒开警察，跳到擂台上。康泰尔见大黄眼儿身材矮小，哈哈大笑，对翻译叽里哇啦一通，翻译说：“俄国人嘲笑大黄眼儿是个小矮人，让大黄眼儿赶紧滚蛋。”

大黄眼儿不跟康泰尔计较，按照中国人比武的礼节，向康泰尔拱了拱手。康泰尔又是一阵叽里呱啦，还没等翻译说话，他一拳就朝着大黄眼儿飞来。大黄眼儿想到康泰尔一巴掌把铁球拍成铁饼，往旁边一闪，躲过了康泰尔的拳头。大黄眼儿观察了好几天，发现康泰尔跟日本大胖子不一样，日本大胖子一身肥肉，体重是优势，这个康泰尔跟自己一样，一身腱子肉，如果硬拼，弄不好自己也会被康泰尔给拍成肉饼。

康泰尔见大黄眼儿上来一招没接就躲开，发出一阵狂笑。大黄眼儿不急，围着康泰尔直转圈儿。康泰尔被大黄眼儿搞得晕头转向。大黄眼儿见状，扑上去要抱住康泰尔的小腿。康泰尔一脚飞踹，踹到大黄眼儿的肚子上。大黄眼儿多年练抱摔，肚子上都是肌肉，对康泰尔踹来的一脚，他跟没事儿人一样，倒使康泰尔气急地直跺脚。

大黄眼儿正要还击，康泰尔却抓起旁边的大铁棍，围观的群众喊道："不许用武器，你这样是杀人。"康泰尔像耍杂技一样，呼呼地挥舞着大铁棍。大黄眼儿根本就近不了身。台下的警察不断地警告康泰尔，如果用铁棍伤人，就要将其抓捕。康泰尔根本就不理会警察，一边挥着铁棍，一边叽里呱啦。翻译说："俄国人说他是外国人，中国警察没权抓他。"

康泰尔的铁棍越来越近。大黄眼儿再退就要

跌到擂台下，只见旁边的架子上有一个大铁球，大黄眼儿一个箭步过去抓住大铁球，却疑惑铁球怎么这么轻呢？康泰尔却一棍子朝着大黄眼儿的头打过来。大黄眼儿本想朝康泰尔砸铁球，没想到手一滑，铁球落到地上，脚却踩到铁球上一滑，整个人摔地上了。围观的群众都为大黄眼儿捏了一把汗，齐声喊："站起来！站起来打死那个俄国人！"

大黄眼儿摔倒在地，躲过了康泰尔的铁棍，扭头一看，刚才的铁球变成了铁饼。他顿时觉得不对劲儿，自己练的是抱摔，没有练无影脚啊，一脚下去铁球怎么就成了铁饼呢？康泰尔见大黄眼儿要爬起来，上前又是一脚，踩在大黄眼儿的肚子上。大黄眼儿这一次真被俄国人踩疼了，没想到康泰尔又是一铁棍打过来。台下围观的群众都惊恐地睁大了眼睛……

大黄眼儿随手抓起地上的铁饼，朝着康泰尔的脸扔过去。铁饼将康泰尔的高鼻子给砸断了，鼻血流个不止。康泰尔忍痛一铁棍打到大黄眼儿的背上，围观的群众很担心："完了，完了，今天又要死人了。"警察刚要上擂台，瞬间却见大黄眼儿一转身，抱住了高大的康泰尔，用力一甩，康泰尔被甩了个趔趄。大黄眼儿急上前，一个扫堂腿，只听见“哐当”一声，康泰尔应声倒地，痛得嗷嗷叫。大黄眼儿压在康泰尔背上，紧紧地锁住了康泰尔的脖子。

康泰尔原来的白脸渐渐变成了红色，再由红色变成了紫色。警察一看，大黄眼儿再不松手，就要把康泰尔给勒死了。把外国人打死了，会惹出外交麻烦。警察立即上台将大黄眼儿跟康泰尔两人拦开。大黄眼儿捡起地上的大铁棍，举在空中，用力一掰，弯了。围观的人群一片惊呼：“真是中国的大力士啊！”

大黄眼儿解释道：“这俄国人是个骗子，这玩意儿是假的，是他们要把式的道具，用铁皮包裹着木屑。”丢掉铁棍，大黄眼儿又捡起铁饼，说：“铁球也是假的，外面是铁皮，里面是木屑。”康泰尔见露馅儿了，爬起来想逃。大黄眼儿见状，一把揪住康泰尔：“记住了，中国人不是东亚病夫。你在中国杀了人，休想跑！”

大黄眼儿把康泰尔交给警察，拍拍手准备走人。一名警察叫住大黄眼儿，警局准备聘请大黄眼儿出任武术教练，教警察擒拿格斗等技能。

后来，日本人占领了天津卫，那个被大黄眼儿揍了的日本人，带着一帮日本兵到同和街找大黄眼儿报仇。邻居们不知大黄眼儿在哪里，日本人就到处杀人。大黄眼儿听说后，回到同和街亲手为民除害。当天夜里，大黄眼儿悄无声息离开了同和街。

同和街的街坊邻居虽然很久没有见到大黄眼儿了，但都知道他肯定在为民除害。

鼻圣

鼻圣的大名在天津卫可是响当当，是天津卫屈指可数的奇人。鼻圣姓叶名孔，一出生就住同和街，是地地道道的天津人。他的与众不同之处是，脸上的五官长得十分拥挤，鼻子很大，像个人肉球挂在眼珠子下面。脸就那么大，差不多都让鼻子给挤占了。同和街上的孩子们淘气，经常拍他的鼻子，一拍还给弹回来。

因为这鼻子太大了，他那双本来就很小的眼睛就被挤成了眯缝眼儿。这个大鼻子还经常挡住他的视线，一不小心就会撞在电线杆子上。孩子们不叫他叶孔，都叫他叶大鼻子。他这大鼻子很灵，什么味儿都能闻出来。就因为他这大鼻子灵，却害得他差点掉了脑袋，也因为他这大鼻子灵，成了天津卫数一数二的传奇人物。

叶孔小时候家里很穷，穷到啥程度呢？他家的墙壁是泥巴墙，下雨的时候外面下大雨，屋子里下小雨，一家人经常是白天日光浴，晚上月光浴。别人家的孩子可以点着油灯看书写作业，叶孔如果在太阳落山前不写完作业，第二天保准站墙角的就是他。他有时候躺床上，翻来覆去硬是睡不着，她妈一问，叶孔说闻到肉香，准是村东头地主老财家在吃大肉。

有一次，这大鼻子把老师给气坏了。这位老师以前在私塾里当过教书先生，对学生很严厉，动不动就是一通板子，那时，学校已经开始收女学生了，他要是脾气暴的时候，也会用板子打女生的手板儿。那节课，老师正在津津有味地讲司马光砸缸的故事，全班同学都听得十分认真，就连一向调皮的叶孔也坐得端端正正地在听课。可他嘴角那口水却不争气地啪啪地往下滴。

老先生走到叶孔跟前，看到叶孔的桌子上流了一摊口水，即大喊一声："司马光砸了你脑瓜子吗？"叶孔赶紧从自己的世界回过神来，慌忙问："你不是讲司马光砸缸吗，为啥砸俺啊？"老先生的戒尺在桌子上敲得咣咣响："你还知道俺讲的是司马光砸缸啊！你看看你……你为嘛流口水啊？"

叶孔摸了摸嘴巴，说："太香了！"

老先生被叶孔的这句话搞得莫名其妙，就问："你小子是不是脑子被司马光给砸坏了？"

全班同学哄堂大笑。叶孔还一本正经地说："老师，你没有闻到吗？"老先生一脸蒙，问："闻到什么？"叶孔四处张望了一圈嘲笑他的同学，说："炸糕的香味儿啊！太香了，俺是一时没有忍住，才流的口水。老师，有人在吃炸糕，你没有发现吗？"

老先生气得吹胡子瞪眼睛，长长地吸了两口气，哪里有炸糕香味儿呀？老先生攥着戒尺，在教室里转了一圈，把每一个同学的课桌、书包都给翻了个遍，每个人的手也都查看了，连个油星儿都没有看到。老师走到叶孔旁边，很严厉地呵斥："炸糕？我看你脑子倒像炸糕，你这是成心扰乱课堂纪律，站到后面去！"

叶孔很是不服气，一边走还一边咂巴着嘴，站到黑板边时，他的口水还在流。老先生无奈地摇了摇头，叹息着："唉，这孩子可怎么办啊……"可是叶孔还是说："老师，真的有人在吃炸糕，不信你到教室门口去闻闻，这炸糕真的好香啊。"

老先生彻底被叶孔给惹急了，问："你倒是说说这炸糕在哪儿啊？”

“俺也不太清楚。”

“那你出去站着吧！”老师就把叶孔揪到教室门外。

正在这时，斜对面的一个教室也有一个同学被老师给揪出来了，还伴随着老师的怒气：“上课吃炸糕，你小子真行啊。”老先生远远看到那个吃炸糕的学生，胖乎乎的，就是村东头地主老财家的幺儿子。老先生递给叶孔一块手帕：“瞧你那点儿出息，没吃过炸糕就好好读书，长大了自己赚钱买炸糕吃。”

几年后，叶孔好不容易考上大学，可是家里没钱，他就只能去找工作赚钱养家。叶孔的鼻子长得太奇特了，招工的一看到他那样子，就不感兴趣，甚至有人还把他给轰出去，根本就不给他表现的机会。叶孔东游西逛了几个月，找到了一份清洁工的工作。别人都去扫大街，偏偏就分他去扫厕所。鼻子大，呼吸都比一般人猛，厕所的臭味就跟灌风一样往鼻孔里钻。为了生活，叶孔忍了，可他还是差点丢了小命儿。

有一天，叶孔扫完厕所，正要离开，觉得哪里不对劲儿，又转身回去，用鼻子到处闻。厕所臭气熏天，差点把叶孔给熏晕了。叶孔以为自己出现了幻觉，可他是个倔脾气，偏要把这个不对劲的味儿找出来。他又猛地抽了抽鼻子，有一股与厕所臭味儿很不一样的气味儿蹿进他那硕大的鼻子里。不，是恶臭。

之前，村子里曾经闹过土匪，死过几个人，一直没有人收尸，腐烂的尸体气味儿把整个村子熏得家家都不敢开门。那恶臭一想起来就觉得恶心，叶孔一辈子都忘不了那尸臭味儿。叶孔又深吸了一口气，没错，就是那味儿。叶孔自言自语道：这厕所里怎么会有尸体的气味儿呀？他用一块布巾遮挡这臭味儿。又找了一根竹竿，往粪坑里捅了捅，硬邦邦的。他被吓到了，没敢继续把那硬邦邦的东西捅出来，就直奔警察局。

警察局的一帮人正在开会，突然看见一个只有鼻子，看不清眼睛和嘴巴的家伙，都吓了一跳。有一个警察站起来，指着叶孔训斥道：“哪来的丑八怪，快出去！”叶孔最痛恨别人叫他丑八怪，没好气地回了一句：“你妈没教你礼貌吗？”警察走到叶孔跟前，瞪着眼睛：“我们在讨论大案，这是机密，你哪儿来哪儿凉快去。”

叶孔嘟囔了一句：“大案有人命大？”

警察问：“你小子什么意思？”

叶孔说：“街头的厕所里出人命了。”

警察问：“人命？几个？”

叶孔没好气地说：“你们自己去看！”

警察一听，压根儿就不相信。一个月前，有一个叫五四的人失踪了，警察到处找，却活不见人，死不见尸，就想当个普通的失踪案，糊弄一下就算了。没想到，局长发话了，说那个五四有个亲戚，是督军的小舅子。如果局里找不到五四，局长就要卷铺盖滚蛋。局长给警察们发狠话了，就是掘地三尺，也要把五四给找出来。

那帮警察还真就去掘地三尺了，他们把附近都挖了个遍，路上的青石板、地砖啥的，都给刨开了，大街小巷刨得全是坑，就连他们警局边上的鱼塘都把水给放掉，然后把烂泥巴都给刨深了三尺。把附近搞得一片狼藉，却连五四的一根毛都没有找到。

警察瞅了瞅叶孔，身上一股子厕所臭味，没好气地说：“看啥看，你赶紧扫你的厕所去。”现在是出了人命，叶孔不跟警察计较，着急地说：“厕所，厕所，案子有线索了。”

警察听不明白，反驳道：“哎，你一个扫厕所的，知道什么案子线索？”叶孔说：“尸体就在厕所的粪坑底下啊。”警察看叶孔一本正经的样子，不像是在胡说八道，即问：“你怎么知道尸体在粪坑底下？”

叶孔习惯性地抽了抽鼻子，解释道：“厕所里特别臭，尸体的臭味儿跟厕所的臭味儿是不一样的。俺一开始只是很偶然闻出不一样，是一种很奇怪的味儿，是尸体独有的气味儿。与这个厕所的气味儿差别不是太大，一般人是闻不出来的。”

警察将信将疑，问道：“你能闻出尸体的气味儿？”

叶孔胸有成竹地说：“小时候俺村里头闹土匪，被土匪杀死过好多人。没人处理，就臭掉了。那尸臭的味儿啊，俺记得最清楚，一辈子都忘不了。不信，你们自己去捞一下就知道了。”

局长听到楼下吵吵，下来看到一堆警察围着一个穿着破旧清洁服的人，刚走近即被叶孔一身的厕所臭气给熏着了，生气地说：“臭扫厕所的，来警局干啥，赶紧滚蛋。”旁边的一个警察小声说：“局长，五四那案子可能有线索了。”

局长顿时惊喜，忙问：“啥线索？”

警察指着叶孔：“这个扫厕所的说，在厕所的粪坑底下有一具尸体，可能是五四的。”

局长瞪大眼珠子：“你们赶紧去给我捞出来，赶紧！”

一帮警察扛着竹竿，带着铁钩子，一路小跑到厕所。厕所的每个角站一个警察，还拉了好多黄色的绳子警戒，不许任何人靠近。一个警察刚翻开厕所后面的粪坑盖子，即臭气熏天。他抱怨道：“那个大鼻子肯定是个骗子，这么臭的粪坑，他能闻出里面有尸体？”警察用一只手捂住鼻子，另一只手用竹竿四处捅了捅，打巧捅到了一个硬邦邦的物体。

警察用竹竿杵着这个物体，让站在他身旁的另一个警察用铁钩钩住物体的一角。他俩一起用力，一个圆鼓鼓的物体被拉出了粪坑，哇！是具尸体！粪水的臭味儿和尸体的臭味儿混在一起，恶臭实在是太熏人了，有的警察不停地用手在鼻子前扇，还有的干脆用手捏着鼻子。

局长一看就火了，训斥道：“这点臭味儿就受不了，还有什么出息？”

尸体被捞出厕所，警察们用清水将尸体上的污秽物冲洗干净，放在草席上。局长围着尸体看了又看，走到叶孔面前，上下左右打量着他。叶孔被局长看得心里发毛，问：“局长……你看我干吗？”局长指着叶孔的大鼻子：“你就是杀害五四的凶手。”

叶孔那被鼻子挤压在一起的小眼睛瞪得溜圆：“局长，你有没有搞错？这是命案，不能开玩笑。我是报案的。”

局长一脸严肃道：“你看我是在跟你开玩笑吗？这个厕所臭气熏天，你看看他们都被这臭气熏成啥狗样儿了，为什么你会知道这个尸体在厕所里？”叶孔想辩解，局长就没给他说话的机会，指着尸体说：“尸体的气味儿已经被厕所的气味儿覆盖，你为嘛会知道这里有尸体呢？”

叶孔争辩道：“俺鼻子好使。”

旁边那个捞尸体的警察说：“你鼻子好使？我看你是脑子好使吧。”

叶孔一时没词儿了，心想，这个警察肯定是在给自己设套，他假装谦虚，说：“脑子好使也不会在这扫厕所。”那个警察说：“你以为伪装成扫厕所的，就能洗脱你凶手的嫌疑？”叶孔一听就急了：“我为嘛要杀五四？”

警察指着不远处的一片房子，说：“五四失踪后，我们对附近所有人进行了地毯式调查。在十年前，你被这个五四打残了右手而送进了医院，俺这儿可是有记录的。你当时就对着天发誓要报仇，医生听得是一清二楚呀。现在五四死了，你咋解释？”

突然，有一个警察对局长报告道：“局长，五四家不是有一只秃头鹦鹉？当时在鹦鹉的笼子上发现了一块十分小的血斑。”

局长喃喃自语：“鹦鹉在现场，亲眼看见了杀人，只能问鹦鹉了。”

很快，警察便把鹦鹉提到了叶孔的面前。这鹦鹉一见叶孔，立即嘎嘎地叫个不停。局长一见鹦鹉叫，以为叶孔真的是凶手，冲着叶孔训斥道：“这鹦鹉都叫唤了，你还怎么解释，嗯？”叶孔也被鹦鹉的叫声给整蒙了，半晌才回过神来，辩解道：“局长，秃头鹦鹉不会说话，它这乱叫是被我的鼻子给吓的。”

周围的警察哄堂大笑，局长却虎着脸，道：“鹦鹉不会说话，见到你杀了它的主人，惊吓过度，再次见到凶手，条件反射，肯定会叫。”叶孔真想一巴掌拍死那鹦鹉，眼看着摊上人命案了，继续辩解说：“局长，我这个该死的鼻子，别说鹦鹉，就是很多人见到，都会被吓一跳的。鹦鹉那是见了我这个鼻子很奇特，怕了我这长相才叫的。”

局长冲警察们一挥手：“把他给我押回去！”

叶孔见局长是要把这杀人案强安在自己头上了，这个时候辩解已经没有任何意义。局长只想早点结案，好跟督军交差。他捏了捏自己的鼻子，努力让自己冷静下来，猛地一抽鼻子，一股与尸体不一样的气味儿钻进了鼻孔。这时候，警察们已一拥而上，正要把叶孔押回大牢，叶孔却大喊一声：“等等，这人是被刀杀死的。”

局长很不耐烦：“就是你用刀杀死的。别跟他废话，赶紧押回去。”叶孔大声喊着：“我不是杀人犯。杀人犯的刀在尸体里留下了证据。”局长上前就是一个耳刮子：“现在证据确凿，样样都指向你，你小子想跟我耍花招？”叶孔说：“只要你们解剖一下尸体，我就能通过刀留下的证据，给你们找到真正的凶手。如果俺查不出来，任你们处决。”

人命关天，局长看着叶孔一身破破烂烂，如果杀错了，那可又是一条人命啊。局长下令把尸体进行解剖。在解剖之前，叶孔仔细看了这尸体，在刀口处使劲儿闻，没错，刚才非常细微的一丝气味儿就是猪腥味儿混合着锈铁味儿。叶孔即对旁边的警察说：“从刀口处给俺剖开。”警察便把这尸体剖开，只见刀口深处还真有一小片极难发现的锈铁。

叶孔再次低下头闻了闻：“局长，这是杀猪刀上的铁锈。”

局长看了看非常细小的一片铁锈，说：“这附近杀猪的就一个，把他给我抓来。”

杀猪匠被抓来，看到五四的尸体，还有一大堆的警察，当时就吓得两腿哆嗦，一屁股坐在地上。杀猪匠交代，五四经常到自己肉铺买肉不给钱，还仗着自己是督军的小舅子，把他辛苦卖肉攒的钱全给抢走了。一个月前的一个晚上，自己喝多了，提着刀去找五四要钱，没想到一失手，就把五四给杀了，然后扔进厕所里。

叶孔清白了。他还是每天一大早就去扫厕所，逢人就跟人吹：“你们知道吧，这个厕所发生过一桩杀人案，就是我这个扫厕所的破的案。”去上厕所的人都把叶孔当成了一个笑柄。直到有一天，两个上厕所的警察让叶孔在天津卫名声大噪。

有一天，叶孔正在扫厕所，只见一个前来上厕所的警察抱怨道：“最近事儿实在是太多了，一个案子刚结，俺还没睡个好觉又来了一个案子。还成立专案组，专门日夜不停地破案。唉！这局长为了升官，都不顾兄弟们死活了。”

旁边的一个警察提了提裤子，问：“兄弟，嘛事儿值得你这样抱怨啊？跟哥说说。”

那个抱怨的警察说：“上司压得死，秃头局长这王八蛋还要求俺三日之内破此案。这案子本来就刁钻，现在还来个时间限制。还说要是俺完不成任务，就让俺卷铺盖走人。这不是要我的命嘛！”

旁边的警察问道：“到底是个嘛案子？”

抱怨的警察说：“哥哥哟，就在这儿坦白说了吧。”然后他便压低了声，神秘兮兮地说道：“俺们天津卫博物馆的镇馆之宝被贼子给偷了。”

“那咋难了？”

“你是不知道哇，失踪的这个古画可不是一般的名画，那可是一千多年前一个皇帝画的，听说老值钱了。这现场证据也没有，俺们硬是找不到线索呀。这都最后一天了，嘛结果也没出来。别说俺这专案组长的位置，恐怕这一身警察皮怕都不保喽。”

“没事儿，俺帮你想办法。”

这事被正在打扫厕所的叶孔听得一清二楚，便讽刺道：“就这水平还专案组长呢，搞笑的吧。这么简单的案子，交给俺就妥了。”

那抱怨的警察训斥他道：“你一个臭扫厕所的，知道个屁！”

旁边的警察拉了拉抱怨的警察，说：“兄弟，你来我们这片儿时间短，不认识这个扫厕所的，别看他那鼻子长得丑，那可是帮着局长破过大案的。”抱怨的警察很是不屑地瞅了瞅叶孔：“他那鼻子一看就是有毛病，还破案？”旁边的警察说：“兄弟，真的，你让他试试，说不定还真能帮你一把。”

“啊……行啊。”

警察把叶孔带到博物馆。叶孔在博物馆里转悠了一圈儿，对警察说：“我想见见院长。”

院长坐在椅子上，见叶孔的第一眼，吓得从椅子上一下滑到地板上。叶孔把院长从地上拽起来，问：“那丢失的名画都用的嘛颜料啊？”院长说：“各种宝石粉。”叶孔说：“那你把这几种宝石给找来吧。”

院长把这幅画所用颜料的宝石列了个清单，对他手下说：“把这几种宝石给找来。”

很快，宝石找来了。叶孔对着这些宝石一阵瞅，还低下头用他的大鼻子逐个闻味儿。他边闻边琢磨：“这博物馆防守得这么严，贼子即使有天大的本事也难把名画带出去。名画可能还在院内，贼子说不定就在他们这帮人当中。”于是，他就不动声色地对着博物馆里的人嗅来嗅去，终于他在几个保安以及院长的身上嗅出了宝石的味儿。他便找了个借口，对院长他们说：“你们累不？休息休息哈，里头不通风，你们去外面吹吹风吧。”

院长和几个保安就到门外，在墙根儿蹲着。

这时，只见叶孔对着地面吸了吸鼻子，隐约闻到些宝石的味儿。他又在保安室四处闻，直到觉得这个保安室宝石的味儿没有了，又去下一个保安室。他把全博物馆十多个保安室都闻了个遍，仍然没找到古画。

叶孔只得去院长的办公室。没想到院长办公室里的宝石味儿竟如此浓烈，可是整个办公室摆设很简单，除了书桌和桌子上的铜佛，没有别的东西。气味儿从哪里来的呢？叶孔把院长办公桌翻了个

院长桌椅后面的墙跟芝麻开门一样，
缓缓打开了。
察
警察
和氣生財

遍，以为里面有暗格，却什么东西都没有。难道是自己错了？

警察在旁边嘲笑叶孔：“你那烂鼻子是不是不灵了？”叶孔忍着，又抽了抽鼻子，没错啊，宝石味儿就在院长的办公室里啊。他把书桌倒腾了一遍，不料他滑了一跤，无意中抓住了桌上的铜佛，一使劲儿，咣咣一阵响，把警察给吓了一跳，以为出什么事了。

忽然，院长桌椅后面的墙像芝麻开门一样，缓缓打开了。警察都惊呆了，院长办公室里竟然还有密室？警察冲进密室，在里面找到了那幅失踪的名画。经过警察审讯，发现院长早有预谋，偷偷摸摸修了多年的密室，就是为了偷走那幅镇馆的画。

院长被抓了，镇馆名画重新回到博物馆。警察局长亲自开车，从博物馆将叶孔接到警局。在警局的大会上，局长隆重地邀请叶孔加入警局，出任刑侦队长。后来，遇到大案要案，只要叶孔出马，局长就再也不用担心卷铺盖回老家了。警察们都叫叶孔“鼻圣”，老百姓还给他编了一句顺口溜：“鼻圣出征，坏人无处藏身。”

通灵眼

日上三竿，金色的阳光洒满同和街，只见同和剧院台上坐着一个戴着圆形墨镜，身穿一件大黑袍子的年轻人。舞台两旁插着两面小旗子，一面绣着“读心”俩大字儿，另一面写着“猜对者，奖五个大洋；猜错者，罚五个大洋”。台下围观的人越来越多，他们都说坐在台上那个人有通灵眼，能看穿人的心思。

天津卫人多，街上花里胡哨的：有吐火的，把火从嘴里吐出来，在脸上燃起熊熊火焰，却嘛事儿没有；也有玩牌的，只见纸牌在他们手上哗啦啦耍一通，你看得再清楚的底牌，等到揭开的时候，却变了。天津卫的人最痛恨的就是这种经常出老千的骗子。还有的人一眼看去，就能看穿你的心思，今日坐在台上的这个崔无尘就是同和街上无出其右的通灵眼。

这个通灵眼长着一张大饼脸，就像有人把他的脸按在地上摩擦过似的，鼻子塌陷得没有鼻梁，只剩两个小鼻孔整天呼呼作响，才能呼吸到足够的氧气。遇到头痛脑热发烧，鼻子不通气的时候，崔无尘只能张大嘴巴，呼哧呼哧地呼吸。当他一张嘴，跟他在一起的人都要离开八丈远，他那一口龅牙挺吓人的。

因为长得丑，通灵眼小时候没朋友，非常孤单。他唯一的朋友就是从野外捡的那条土狗，一身的黄毛，就脑门心儿有一小撮白毛。通灵眼走到哪儿，那土狗就跟到哪儿，形影不离。同和街上的小屁孩儿都笑话他俩是大怪物，一个叫龅牙怪，一个叫黄毛妖。每次崔无尘被他们惹急，只要拍一拍这黄毛土狗的脑门儿，土狗就会蹿上去一阵狂叫，直到把嘲笑他的小孩们全都给吓跑才善罢甘休。

因为太孤单了，通灵眼总是远距离看人，每次都是眯着眼睛，很艰难才能看清对方脸上的表情。哪个小孩子要使坏，他都能通过看人的眼睛、嘴巴，把心思给看得一清二楚，这就叫观察微表情。通灵眼他爸是个买办，经常跟租界的洋人打交道，通灵眼也经常去租界跟那些红鼻子蓝眼睛的洋人玩儿。随着年纪的增长，通灵眼的龅牙长得越来越难看，可他那读人心的本领却越来越强，竟强到令人发指的程度。

他除了鼻子塌，脸上还因为小时候出天花，满脸的坑儿，他担心吓着别人，所以一直戴着墨镜。通灵眼一身的大黑袍子，让人一看就有一种法力无边老巫师的错觉。实际上他第一次出摊儿才十八岁，还没到出去赚钱的年纪，若不装扮一番，没人信一个小屁孩儿啊。

同和街的街坊邻居们都是看着通灵眼长大的，看到他摆摊儿的样子，都围过来嘲笑他是黄鼠狼拜月亮，装神弄鬼。通灵眼早就被他们嘲笑惯了，他只咧嘴一笑，也没让黄狗吓他们。没想到他丑陋的龅牙却把一个妇女怀里的孩子吓哭了。那妇女一边哄孩子，一边瞪着他，没有一点儿要离开的意思。通灵眼戴着墨镜，那妇女不知道通灵眼其实已经盯着她看了好一阵子了。

妇女哄好孩子，问："麻子，你说俺心里在琢磨啥啊？"

由于他鼻梁太塌了，墨镜经常往下滑，通灵眼推了推墨镜，说："把你的手给俺一下。"

妇女看通灵眼太丑，很不高兴，说：“你这个麻子想占俺便宜，告诉你，不可能！”通灵眼说：“只要你把手给俺，俺问你几个问题，俺就知道你在想啥。如果俺说的不对啊，任你处置，告你的官儿去。如果俺说对了，给俺一块大洋。”旁边的人怂恿妇女，说：“你把心里想的啥告诉俺们，再让麻子读，读不出来，送警察局，以骚扰妇女罪让他坐牢。”

妇女将心里所想告诉旁边一个人，手伸到通灵眼跟前。

只见通灵眼的手搭在妇女手上，说道：“俺问你问题，你不用说一个字。俺问完，你心里想啥俺马上告诉你。”妇女点点头。通灵眼开始问：“你孩子几岁了？”妇女不看通灵眼，忙着哄娃。通灵眼又问：“婆婆对你好吗？”妇女还是不回答。通灵眼继续问：“你生日，丈夫给你买了新首饰？”……通灵眼有一搭无一搭又问了几个问题。

旁边围观的人都看得不耐烦了，说道：“麻子，到底行不行啊？不行就别装神弄鬼，占人便宜。小心把你送警局去。”通灵眼不紧不慢地说：“她刚才在想她丈夫。”妇女跟刚才知道答案的围观者都很不可思议地看着通灵眼，异口同声地问：“你怎么知道的？”

原来啊，这个妇女住在同和街西头，她丈夫常年在北方跑马帮，一年都难得回到同和街一次。经常有小混混往他们家扔死鸟吓唬她。刚才她孩子被通灵眼的丑样吓哭后，妇女第一个就想到孩子他爸。只见通灵眼笑而不语，便重新戴上墨镜，准备新的读心游戏。

围观的人群开始窃窃私语，有人不信，疑惑地说：“这个麻子能看穿人的心思？”有人指着通灵眼的黑袍子，说：“有一种巫师，能跟鬼怪对话，你看他那个样子，不是个正常人，不然怎么能知道别人的心思呢？”旁边有个穿西装的年轻人说：“哪有什么鬼怪，他这个就是读心术，说白了，就是通过你脸上的细微表情看出你的心思。”

只见通灵眼从黑袍子里拿出一个水晶球，再拿出一个小黑板，对妇人说道：“俺们不看表情。你心里想的，俺们通过一个游戏来进行验证一下。”妇女还是不信，问：“你能验证俺心里想个嘛？”通灵眼问妇女：“你会算数吗？”妇女说：“会。”通灵眼说：“那就好，从十到九十九，你随便选个数字，把这个数的个位和十位相加，再用这个数字减去这个和。”

妇女想都没想就挑选了“三十七”这个数字，这个数字正是她丈夫的年龄。为了验证通灵眼的能耐，妇女将数字悄悄告诉旁边穿西装的人。围观的人都很好奇，问：“算出结果干啥？”通灵眼从黑袍子右侧拿出一张图表，说：“在上面找出与答案相对应的图形，并把这个图形牢记心中。俺会通过这个水晶球，找出你心里想的图形。”

妇女找到了一个图形，只见通灵眼双手捧着水晶球，很快，水晶球上出现了一张沙漠的照片。妇女惊呆了，问：“你怎么知道？”围观的人问妇女：“你当时选的是沙漠？”妇女点点头。有人不信，说：“你是他的托儿吧？”妇女一听就急了：“嘛托儿？”穿西装的年轻人反复瞅了瞅通灵眼，问：“你没问数字，没看表情，是怎么猜出她选的图形？”

通灵眼没有得意忘形，而是微微一笑，说道：“读心。”

同和街剧院的老板钱有味听说通灵眼能看穿人心，就想请通灵眼到剧院表演，好赚钱。这钱有味见到通灵眼第一眼，就被通灵眼的大饼脸吓了一个趔趄，实在太丑了。但是钱老板是个认钱不认人的主儿，很快就调整好情绪，和颜悦色地上前紧紧握着通灵眼的手，一副很热情的样子，说道："崔老板，你可是俺们同和街的大仙儿啊！哦，不，是俺们天津卫通灵开天眼的第一人啊！"

从小到大，就没有人表扬过通灵眼，对钱老板突如其来的拍马屁，通灵眼很是不习惯，一个剧院老板，跟自己的读心术不搭界。通灵眼直截了当地问："钱老板，你来有嘛事？"钱老板就喜欢爽快的人，说："现在同和街各种唱曲儿的、说书的、耍把式的，都老掉牙了，崔老板的读心术无出其右，俺想邀请崔老板到俺剧院表演读心术。"

通灵眼一听就不高兴了，一本正经地说道："读心是科学，不是魔术表演，你别想歪了。"

钱老板右手轻轻地拍了拍自己的脸颊，假装责怪自己，说道："都怪俺这张破嘴！对，崔老板是科学读心。如果崔老板能到同和剧院给大家读心，相信一定场场爆满，座无虚席。"通灵眼琢磨了一下，无论做啥，没有自己的场子，那就是个摆摊儿杂耍的，上不了台面。钱老板还没有等通灵眼开价码，就一伸手，爽快地说："崔老板，咱们收入五五开。"

通灵眼没读过什么书，也不知道剧院一天能收多少块大洋，五五开到底是多少钱。他偶尔听到过钱老板抠门的事，没想到今天一开口就要跟自己五五开。通灵眼他们家有钱，先不讲钱不钱的，乐呵乐呵得啦，只要读心术能让大家开心就好。钱老板见通灵眼答应了，高兴得立即拿出一份合同，让通灵眼签字。通灵眼看了看合同，除了分钱，就是一切表演按照剧院规则办。

到了剧院表演的那一天，钱老板亲自到通灵眼家中接人。到了剧院，通灵眼吓了一跳，整个剧院人山人海，过道上都站满了人。通灵眼一打听，才知道他们以一块大洋的价格买了门票，就想看看通灵眼咋个看穿人心。通灵眼登台，钱老板早已为其准备好了道路。真是心黑的商人，只要通灵眼看对了，对方给五块大洋，如果错了，剧院赔对方五块大洋。

通灵眼已心里有数，钱老板算是把自己给架到火炉上了。看错了，丢的是自己的人；看对了，跟钱老板五五分钱。钱老板倒是横竖不亏，反正都是自己赚钱。通灵眼穿上淡绿绣黑龙镶金边的大长袍，头戴一顶大圆大扁的边儿帽，脚下穿着又尖又长的牛皮鞋，塌鼻上架着那副圆圆的墨镜。通灵眼往中间一坐，台下立即响起了掌声。钱老板亲自主持通灵眼的读心游戏。

台下的人都跃跃欲试，想让通灵眼给他们读读心。可是钱老板却一点儿都不着急，而是抬上有密密麻麻小方格的柜子，每一个柜子都有编号，每一个小格子都以柜子的编号为开头进行再次编号。通灵眼走到柜子前，介绍说，柜子一共有一千个小格子，自己手上有一把锁，任何一个人上台，把锁放在一个小格子里，自己可以在十分钟内找出来。

台下就有人嚷嚷："骗人的，他眼镜有透视功能。"

通灵眼当众摘下眼镜。一个年轻的小伙子一个箭步冲上台，从口袋里摸出五块大洋，跟钱老板摆在台子上的五块大洋放在一起。输了，归钱老板；赢了，连同钱老板的大洋一起带走。年轻人看了一大片的小方格子，很自信："麻子，这么多小格子，你能在十分钟之内找出来？别吹了，你就等着输钱吧。"

台下立刻就有人起哄，也有人鼓掌。通灵眼手里拿着一个六面体的球，准备在开始之前跟年轻人聊几句，问："先生，你做啥的？"年轻人近距离看了看摘了墨镜的通灵眼，往后退了一步，说：“今天算你倒霉，俺是租界的探长，专门负责侦破刑事案件的。”

通灵眼一点都不紧张，没把探长的话放在心上。他面朝台下，让探长自己去把锁放到一个小方格子里，自己则背过身子，以示清白。

台下的人都议论纷纷，说通灵眼第一次在剧院演出，却遇到一个专门破案的探长。这个探长无论是心理素质，还是破案技巧，能做到探长的位置，肯定是破案的能手，警局的顶梁柱。通灵眼想耍花招也没戏了，弄不好会被探长抓个正着，送到警局去。

探长放好锁，急不可耐地说：“计时开始。”

台下的人都以为通灵眼会马上去翻找探长放的锁，没想到通灵眼却跟探长拉起了家常：“探长，昨天晚餐吃的什么啊？”探长想都没想，说：“俺们天津卫的人不就好那一口嘛，狗不理包子啊。”通灵眼盯着探长的脸，接着问：“今天早上见到老朋友了？”台下的人开始起哄：“找锁呀！到底找不找锁了？”

探长觉得通灵眼的问题莫名其妙，瞟了一眼柜子的方向，看了看表，还有三分钟，脸上露出得意

通灵眼盯着探长的脸，
接着问：“今天早上见到老朋友了？”

的笑，说："你想跟俺聊天套话对吧？唠呗，反正留给你的时间不多了，时间一到，找不出锁你就等着赔钱。"通灵眼没说话，还是看着探长脸上的表情。探长又看了看表，四处张望了一下，就回答了通灵眼的话，"见到一位十年没见的老朋友啦。"

通灵眼收起手上的六面球。探长看了看表，还有最后三十秒。台下的人都在齐声喊："赔钱！赔钱！"只见通灵眼不慌不忙，径直走向四号柜子的四零四号格子，将探长放的锁给取了出来。通灵眼举起锁的那一刻，探长惊呆了，站在台上一动不动，直到通灵眼将锁递给探长。探长看了看表，正好十分钟。台下响起了掌声。

探长很不服气，再次检查了一遍柜子和格子，没有发现任何机关，只得认输走人。这个时候，钱老板上台，高声说："各位街坊，刚才崔老板的读心术只是牛刀小试，接下来还有更精彩的。"台下有人大声问："还有嘛绝活儿？"钱老板说："这里是剧院，接下来崔老板的演出自然跟剧院演员有关，难度将是现在的十倍。"

探长刚要离开，却被钱老板给叫住了："探长，你是警察，接下来的演出，希望你能全程监督。如果崔老板失败，剧院给每个人发一块大洋；如果崔老板成功，每个人给剧院一块大洋。”台下掌声雷动，除非通灵眼有妖术，十倍难度的读心他肯定赢不了。观众高声喊：“赶紧开始吧。”接着，钱老板的手下开始挨个儿收大洋。

探长想起刚才犯了一个错误，通灵眼的读心是看人的微表情，心想，要给通灵眼一点颜色看看，说“你们剧院演员配合，让他们化张飞的妆，戴上大胡子。”通灵眼一副无所谓的样子：“全听探长先生的。”剧院找了十个男演员，体型都差不多，都要画上张飞的黑脸；每个人把胡子戴上，半张脸就算遮住了，通灵眼想看表情都看不到了。

十个男演员坐在舞台上化妆，钱老板开始介绍规则，说：“俺手上有一面唱戏的令牌，探长先生挑出三位演员，将令牌交给其中一位，轮流传。崔老板要在这十位演员中找出探长挑选的三位演员，还要将他们三人传递令牌的顺序给找出来。”台下的人又开始议论，通灵眼绝对不可能完成这么高难度的挑战，俺们等着赚大洋吧。

演员们的妆化好了，一块幕布放下来了。探

长在幕布后面，亲自挑选出三位演员，将令牌交给其中一位，然后开始传递。传完后，令牌交给探长，幕布收起来。十位演员面对台下站立，通灵眼走上台，从第一位开始，盯着演员，手搭在演员的手上，问："你是被挑选出来的人吗？"按照游戏规则，演员不能回答通灵眼任何问题。

十位演员被通灵眼问了个遍，台下的人都屏住呼吸，等着通灵眼把三位传递令牌的演员给挑出来。探长站在一旁，心里也开始纳闷儿，演员们都化了一样的妆，戴着一样的大胡子，通灵眼看不到演员的微表情，他能挑选出三位演员？钱老板第一次看到这个读心游戏，也在一旁捏了一把汗，生怕通灵眼猜不出来，剧院可就要血亏了。

通灵眼却不急不慢，走到三号、五号、九号三位演员旁，将他们带到一边。探长看到三位走出来，眼珠子都瞪得圆圆的，三位可是自己随机挑选的，通灵眼居然挑出来了。可是三个人在传递令牌的时候，探长故意让他们打乱了顺序。刚才输了五块大洋，探长巴不得通灵眼接下来把顺序说错，自己还能回本一个大洋，催促说："甭磨叽，赶紧找顺序吧。"

通灵眼走到三号演员跟前，让他上前一步，将双手搭在通灵眼的肩膀上，带着三号演员在舞台上走，走一步问："你是第一个拿到令牌的吗？"按照规则，演员不能说话。第二步，通灵眼又问："你是第二个拿到令牌的吗？"演员还是跟着走。第三步的时候，通灵眼又问："你是第三个拿到令牌的吗？"三个演员都问完，探长不以为然。

探长按照游戏规则，在每个人传递令牌的演员口袋里都塞了一个编号的小纸条。通灵眼拉着三个演员，重新站了位置，五号演员第一个拿到令牌，传递给九号演员，九号再传递给三号。探长再次惊呆了，从演员们口袋里掏出纸条，证明通灵眼不仅找演员完全正确，传递令牌的顺序也完全正确。

剧场里掌声雷动。探长上前一步，一把拉住通灵眼，说："你第一次在同和街摆摊儿，俺就在旁边围观。当时那个妇女告诉俺的数字是三十七，你不知道数字，也不知道她选的哪一张图，为啥能准确找出她心中所想的图？"通灵眼瞅了瞅探长，想起当时那个穿西装的年轻人正是眼前的探长，说："读心，不可说！"

后来，同和街再也看不见通灵眼的身影，报纸上倒经常出现警局有一个戴着墨镜的读心探长崔无尘，破获各种光怪陆离大案的报道。

阴阳眼

同和街的人本来生活得很安逸，可是这年冬天却出了一件怪事，同和街西边张买办家闹鬼了。张买办的大女儿张兰，整天神神道道的，说她看到了已经死去了的爸爸妈妈，他们一个胖一个瘦，她爸爸身子圆鼓鼓的，浓眉大眼，他妈妈柳眉凤眼，穿得花枝招展，他们还一直在向张兰招手呢。可是张买办夫妇还健在啊。

张买办家是同和街上少有的有钱人家，院子宽敞，雕梁画栋，家里有好几个用人。张兰一直由阿姨带着，十一二岁就已经亭亭玉立，落落大方，邻居们都很喜欢。张买办一有空闲就带着张兰到租界去见世面，张兰身上也渐渐有了西洋人的时尚气息。没想到今年秋天刚过，同和街下第一场雪后，张兰就跟着了魔似的，总念叨着爸爸妈妈死了。

听张兰嘀嘀咕咕，张买办一家人很是惊讶。张买办睁大眼睛，摸了摸自己的脸，眼镜还架在鼻梁上。又对着镜子看了看，虽算不上英俊，也不是浓眉大眼，自己一直都是精瘦精瘦的，哪里胖了？张买办心里犯嘀咕：自己好好的，闺女怎么就说我死了呢？张买办摸了摸张兰的额头，不发烧呀。

张兰站在院子的雪地上，望着飘飘洒洒的白雪，自言自语说："爸爸妈妈死的时候，地上开满了黄色的花。"张买办一家人找遍了整个院子，也没见一朵黄色的花。张兰很生气，歇斯底里地冲着张买办夫妇俩说："你们都是人骗子。"

张买办两口子商量，决定带张兰去看医生。张太太说，同和街东边的岐黄堂有一百多年了，有个老中医曾经在紫禁城当御医，给皇上看过病。张买办两口子便带着张兰去了岐黄堂。那个老中医给张兰号脉，问了一堆的问题，说张兰阴阳失调，情志郁结。张买办听不懂，张太太很焦急地问："医生，到底啥病啊？"

老中医摸了摸雪白的胡须，很为难地说："癔症。"

张买办留过洋，没听过癔症这种病，问老中医："之前一直好端端的，怎么突然就得这个病了呢？"老中医看了看张兰，摇了摇头："心病还须心药医。”张买办两口子一头雾水。老中医开了个方子。回到家，按照方子煎药、服药，可是张兰还是整天在雪地里神神道道，一阵儿自言自语，一阵儿哭哭啼啼，搞得一家人不得安宁。

看着如花似玉的闺女一天天消瘦下去，张买办心急如焚，又带着张兰去了租界最贵的洋人诊所。一进诊所，张太太就被墙边的一副人骨标本吓了一跳，张兰也吓得躲进张买办的怀里哇哇大哭。一个红鼻子蓝眼睛的医生，对张兰进行了一系列复杂的诊断后，说张兰得了妄想症，这种病没有药能治，只能心理安慰疏导。

张买办一听，看来洋人跟老中医说的差不多，难道这种病真的没得治？张买办两口子不相信这种病没法治，于是，他们又找了一家洋人的高级诊所，结果也是一样。张买办两口子再三恳求，洋人医生还是说那妄想症没辙，要做心理调适。张买办两口子跑遍了天津卫的租界，洋人医生都对张兰的病没办法，加多少钱也没用。是啊，都说心病要用心药治，但当年似乎还没有心理医生呀。

无奈，张买办两口子只好带着张兰回到了同和街。张兰还是整天自言自语，在院子里的雪地上一站就是一天，整天嚷嚷着要黄色的花。张买办疑惑，大雪天的，北方除了寒冬才会开的梅花，现在哪里有黄色的花？他问张太太：“当初领养兰儿的时候，是下雪天吗？”张太太说：“你忘了？是八月，正是最热的时候，哪儿有雪？”

家里的用人一个个辞职不干了，张买办问为啥，用人们说张兰是撞到鬼了。

张太太到处找帮佣，可对方一听是闹鬼的张家，加钱都不来。张太太看着张兰的样子心疼，一个月时间不到，如花似玉的姑娘，已经瘦成皮包骨了。张太太担心女儿的身体，请了一个老太太到家里跳大神，听说是远近闻名的阴阳师。一通折腾，老太太说张兰不是妄想症，而是有一对阴阳眼，能看到死去的亲人，也能看到孤魂野鬼。

老太太跳大神把张家院子搞得乌烟瘴气，到处都贴着黄色的纸条儿，说是能镇住鬼神。张买办一直与洋人打交道，对鬼魂之说压根儿不信。张太太每天给张兰喝纸灰水，可张兰还是整天神神道道地说个不停：她爸爸是个有钱人，跟她妈妈都得了绝症死了；爸爸妈妈死的时候，雪下了三天三夜，遍地开满了黄色的小花……

张买办到处寻找哪里有在雪地里开的黄色小花，可是问遍北方各地的朋友，都没有听过那种小花。张买办给当初领养张兰的福利院打电话，福利院说当地很少下雪，也没有见过那种开在雪地里的黄色小花。福利院查了一下张兰的档案，说当年张兰送到福利院的时候确实是冬天，是一个过路的人将张兰送到福利院的。

天津卫的雪下得很大，整个同和街都被大雪覆盖了。那天，张买办两口子外出寻访，回到家发现张兰不见了。两口子急得团团转，到处找，硬是没有张兰的影子。张太太到院子里，忽然发现雪地里有一朵黄色的小花，尖叫着："出事了！"张买办跑到院子里，一看即问："院子里怎么出现这种花？"

张太太责怪张买办，应该给张兰说实话，当年他们在福利院领养张兰的时候，口袋里还有一封信，信上明确说了，她爸爸妈妈得了不治之症死了。两口子在院子里你看着我，我看着你，一直不相信鬼神的张买办突然问："难道兰儿真的有阴阳眼，可以看到她亲生的父母？"

张买办两口子顾不得那么多了，二话不说，穿上大衣就出门寻找张兰。院子外大雪纷飞，在同和街东边不远的地方，张买办又发现了同样的黄色小花的花瓣。张买办夫妇沿着黄色的花瓣走，一直走了两个时辰，几百米就能发现一片黄色的花瓣，心想：难道兰儿经常提到黄色的小花就是她爸爸妈妈的灵魂吗？

到了天津卫城郊的一个镇子上，张买办远远地望见一座大宅院，黄色的花瓣就消失了。他俩来到宅院跟前，大门紧闭，地上有一些凌乱的脚印。张买办围着院子转了一圈，琢磨着为什么花瓣到这里消失了呢？张兰去了哪呢？他让张太太赶快去警察局报案，自己接着在镇子上找花瓣。

就在张买办在宅院外转悠的时候，张兰还真就在院子里的一间密室里。

原来，阴阳师老太太给张兰跳大神后，张兰有阴阳眼的消息就从同和街传遍了天津卫，每天都有不少人到同和街，就想看看长阴阳眼的张兰到底是个什么样的人。看热闹围观的人也就越来越多……

张兰有阴阳眼的消息传到天津卫郊区，被镇上一伙文物贩子听到了，这伙文物贩子想利用张兰的阴阳眼，帮他们看看之前使用过这些文物的人是什么人，就可以分辨出这些文物的真假了。

一天，几个文物贩子趁张兰一个人在院子里，便绑架了她。

张兰被人用黑布蒙上眼睛，一路颠簸着被带到城郊。当黑布摘掉后，她就看到一个遍地白雪的院子，跟同和街的院子很像。她被带到一间屋子里，黑色的木椅上，坐着一个肚皮圆滚滚的大胖子，脸上坑坑洼洼，疙瘩肉看着就很瘆人。大胖子叼着烟斗，抚摸着桌子上的文物。忽然张兰听到旁边的人叫了声大胖子老大，她看了看大胖子，竟“哇”的一声哭了。

旁边的人以为张兰被吓着了，正要哄，却见张兰冲到大胖子身边，眼泪汪汪地喊爸爸。周围的人都嘲笑说她疯了。大胖子却制止了，从木椅上站起来，指着桌子上的文物，问张兰：“姑娘，你看看，这东西旁边有人吗？”张兰点点头。大胖子高兴了，以为张兰看到了文物主人的鬼影子，忙问：“长什么样？”

张兰看了看大胖子，说：“大胖子！”

大胖子又问：“是不是皇上？头上戴皇冠没有？”张兰摇了摇头。大胖子问：“那是不是个大官儿？戴着官帽的那种？”张兰又摇摇头。大胖子脸上的笑容没了，问："那你看到的是个嘛？"张兰打小就没见过面前这些青色的玩意儿，所以啥也没有看出来，转身还是叫那个大胖子爸爸，说："你已经死了，死的那个月，雪下得很大，漫山遍野开满了黄色的花。"

周围的人一把推开张兰，恶狠狠地说："你别胡说八道，我们老大活得好好的！"张兰抹了抹眼泪，疑惑地说："我爸爸不是已经死了吗？怎么你还活着呢？"大胖子瞅着张兰，对旁边的人说："你们是在哪里绑的呀？是张买办家那个有阴阳眼的女娃娃吗？"旁边的人很肯定地说："没错啊，他们家大门上还贴着阴阳符呢。"

大胖子又开始抽烟，一边抽，一边说："这女娃娃是不想跟我们配合啊。"他一巴掌就扇在了张兰的脸上，大骂道："你在这儿装什么蒜呢？俺告诉你啊，你要是今儿不配合俺们看文物的鬼影儿，那就挖了你的眼睛，然后把你的阴阳眼儿换到俺的这一双眼睛上。只要俺有了你的阴阳眼，同样可以看到文物上的鬼影儿，就能知道文物的真假。"

大胖子把烟头狠狠地摁在桌子上，自言自语道："每次收来的文物都是高仿品，这次一定不会错！”说着，抓起一把刀就要挖张兰的眼珠子，旁边一个人急忙说：“老大，阴阳眼万里挑一，你一刀下去，搞不好把眼角膜弄坏了，就全完了。这不是得不偿失吗？这个手术需要租界里的洋人医生才行。”

再说张买办正在这院门外到处寻找张兰，忽然看见院子的大门开了，有人出了院子，急匆匆往城里去。张买办急中生智假装不认路，追上去问。那个文物贩子很不耐烦：“我有急事儿找洋医生，你问别人吧。”张买办心里嘀咕，郊区镇子上的大户人家，看病一般直接去城里，他们难道想把洋医生请到镇子上来？

张买办觉得不对劲，又返回宅院附近继续寻找蛛丝马迹。巧了，张买办还真在雪泥里发现了黄色的小花瓣，又隐隐约约地听到一个女孩的抽泣声，很像张兰的声音。张买办立即在镇子上找到了个智慧的长者，打听这个宅院里的老板，得知这院子的老板是个倒卖文物的商人。想到刚才那个急匆匆要去找洋医生的人，张买办心里咯噔一下，坏了，不知道这帮人会搞出什么恶毒的勾当。

那个文物贩子还真从城里请来了一个洋医生，

背着医疗箱。张买办看着一行人进了院子，心急如焚，不知张太太去警察局怎么样了。院子里又传来女孩的哭声，好像是张兰的声音。张买办急得团团转，宅院门口的雪都被张买办来回走给踩成了烂泥。女孩儿的哭声越来越小，张买办的后背都急得冒汗。就在这时，张太太带着警察赶到了。

当警察冲进院子的时候，张兰正被绑在手术台上，打了麻醉药的张兰已经不省人事了。那个大胖子文物贩子老大跟他的手下们，正指挥洋医生要摘除张兰的阴阳眼。警察一拥而上，把文物贩子都抓起来。洋医生吓坏了，手术刀掉在地上。文物贩子全都被带到警察局。

张买办抱着张兰，在雪地里深一脚浅一脚回到了同和街家中。

警察调查得知，那个大胖子确实是张兰经常叨叨得绝症死去的爸爸，是她第一个养父。之后，这个养父有了自己的孩子，觉得张兰是个累赘，就不要张兰了，骗张兰说他们夫妻得了绝症，还特地写封信放在小孩的衣袋里，在一个下雪的冬天，把张兰遗弃在雪地里。

大胖子交代，他之前一直在西北的一个小县城

当警察冲进院子的时候，
张兰正被绑在手术台上，
打了麻醉药的张兰已经不省人事了。
警

贩卖文物。丢弃张兰时，漫山遍野的雪地里开满了黄色的冰凌花。后来，大胖子带着一帮文物贩子又回到了天津卫，经常把西北的古董贩卖给天津卫租界里的洋人。可是好几次收到的都是假货，被洋人识破了，自己赔了很多钱。听说同和街有个阴阳眼能看到一般人看不到的东西，就绑了这个女孩。

当年，张兰在雪地被人发现后抱去了孤儿院，后来又被张买办一家领养了。当张兰见到大胖子叫爸爸时，这个文物贩子养父已经认不出长大的张兰了，他只一门心思想着让张兰的阴阳眼能看出文物的真假，自己能赚大笔的钱。没想到绑架的却是多年前被自己丢弃的养女。

这女孩在张买办家里幸福地成长，也有了自己的名字。张兰长到十一二岁时，不知为什么，她一直在寻找那种开在雪地里的黄色小花，想找到去世的爸爸妈妈住的地方。有一天，一个路过同和街的商人说他在西北见过那种花，叫冰凌花，只有在寒冷的冰雪之地才会开花。张兰求那过路商人带给她一些花苗，那个商人还真满足了张兰的愿望。张兰悄悄地把冰凌花苗养在张买办的后院里，大胖子绑架她那天，大雪纷飞，冰凌花正好开放，她摘了些玩儿。被绑架后，她不经意地一路丢下了花瓣，却为张买办找她留下了线索。

张兰得知真相后，伤心得泪流满面，希望警察能够宽大处理大胖子养父。后来，张兰还恳求张买办打听她生身父母的下落。

张买办突然明白了，世界上根本就没有阴阳眼，张兰是太想念她爸爸妈妈了，才会出现如老中医说的那种情志郁结的癔症。张买办夫妇一有时间就到处向街坊邻里打探，到处询问张兰的生父生母。只是张兰再也没有看到自己的亲生父母，她已经把张买办夫妇当作了自己的亲生父母，一家人生活得其乐融融。

从此，同和街的阴阳眼消失了。

后记

其实，在写《同和街记》之前，还有好多故事。

我五年级的时候，看了冯骥才的《俗世奇人》，里面有一篇《刷子李》让我着迷。我本身是一个想象力丰富的男孩儿，喜欢想象一些奇奇怪怪的人，所以在写学校布置的作文《形形色色的人》时，就把《俗世奇人》的思路与语言特点给加了进去，写了一篇《十张千层饼》，后面在学校又创作了两篇。

一开始，我不敢将学校的作文交给爸爸妈妈看。我的爸爸是个倔脾气，还很挑剔，越是不给他看，他越是要看。爸爸看了我的作文后，鼓励了我，就更加激起了我对写这种奇奇怪怪的人浓烈的兴趣。整个暑假，妈妈都鼓励我写自己喜欢写的故事。那是一个快乐的假期，每天做完作业，就可以琢磨故事，跟爸爸一起讨论。暑期结束，竟然创作了多篇作品。

写故事没那么容易，经常故事写到一半，爸爸就会说，这个故事不好，那个人写得太难看了。但是每次下班回来，爸爸看我还在电脑前打字，却总会鼓励我："加油，故事比昨天的精彩多了。"故事写完，我就开始四处投稿，在这个过程中，遇到了《庐山恋》的编辑陈静老奶奶。陈奶奶已经八十多岁，除了热心地给我介绍杂志社，还给我修改作品，特别感谢陈奶奶。

在《同和街记》出版之际，我还要特别感谢支持我的爸爸妈妈，以及对我的写作产生重要影响的赵海蕊老师给予我的鼓励。要不是赵老师对我的悉心栽培与严格管教，以及爸爸和陈奶奶对我作品的反复修改，没有你们在背后的支持，我还真出不了这本书。再一次感谢你们为我的付出！还要感谢为本书写序的纪连海老师，您的序令本书增光添彩。

希望你们能够喜欢这些奇奇怪怪的小故事和奇奇怪怪的人！